La crux de los ángeles

Daniel Paniagua Díez

La crux de los ángeles

Los hispanos fueron los primeros europeos en llegar a América, ¡antes que Colón!

AMAZON EDITION
* * * * *
PUBLISHED BY:
Daniel Paniagua Díez
La crux de los ángeles
Copyright ©2013 by Daniel Paniagua Díez
ISBN-978-84-616-6650-8

Queda rigurosamente prohibido, sin la autorización escrita del autor y titular del copyright, bajo las sanciones establecidas por las leyes, la reproducción total o parcial de esta obra por cualquier método o procedimiento, comprendidos la reprografía y el tratamiento informático, y la distribución de ejemplares de ella mediante alquiler o préstamo público.

La crux de los ángeles

Ya tenéis en vuestras manos mi nueva novela: La crux de los ángeles.

Una fantasía épica que propone una serie de enigmas a vuestra consideración; el principal de ellos es: ¿fueron los españoles los primeros europeos en ir a América para conquistar tan inmensos territorios? Durante muchos años he estado leyendo que los vikingos llegaron antes y se quedaron; es posible que este hecho ocurriese, aunque nadie se enteró de ello hasta pasados muchos siglos.

Yo estoy convencido de que muchos años antes de que el primer vikingo aprendiera a navegar fuera de sus fiordos escandinavos, los hispanos cruzaron el Atlántico y no fueron precisamente de excursión, pero la aventura fracasó e incluso se borró de las crónicas hispanas de la Alta Edad Media toda posible referencia a semejante fiasco.

Investigando en la historia de España; di con algo que me parece que no tiene parangón en la historia de la humanidad: El rey Alfonso II el Casto lanza un sorprendente ataque sobre la ciudad de Lisboa, entonces en manos sarracenas, en el año 798 y la arrasa, volviendo a sus territorios del norte cristiano con un fabuloso botín.

Hasta aquí lo que cuentan los libros de historia. Pero también nos cuentan que al año siguiente los nobles deponen al rey Alfonso y le encierran en un monasterio y allí le tuvieron durante más de 8 años.

¿Mantener durante años preso a un rey? ¿Al glorioso y poderoso rey Alfonso II el Casto? El rey más longevo de la historia de España. ¿Con todas las riquezas que les había conseguido a los nobles tras el saqueo de Lisboa? ¿Qué había hecho Alfonso? ¿En qué aventura se había embarcado?

Leed esta novela y saldréis de dudas. Yo fui de asombro en asombro al escribirla y es lo que os prometo con su lectura: ¡quedaréis asombrados!

Primera Parte

Tres bajeles y un botín inesperado

En la paz del monasterio, recogiendo manzanas, una clara mañana de lluvia fina y fresca, el rey pasea y rememora.
Recuerdo. Recuerdas, sí, las jornadas felices cuando saliste victorioso del asalto a Lisboa. Un botín inmenso, artesanos judíos y esclavos africanos engrosando las filas de tus tropas con los condes al frente, de regreso a las montañas del norte; apenas sufrimos bajas. Pero encontramos algo más, algo grandioso que conseguimos tras cruel batalla en el puerto magnífico de la ciudad amurallada.

No se esperaban nuestro veloz ataque con las primeras luces del alba: tres estupendos bajeles arrebatados a los sarracenos que hicimos nuestros antes de que levantaran la cabeza del suelo. En ellos te embarcas con tu tesoro y esclavos y das la orden de partir hacia las costas asturianas.

Sobrevivieron al asalto algunos marinos moros que llevas contigo, forzados y vigilados. Navegación de cabotaje; siempre a la vista de la costa por si hay que realizar un rápido desembarco. Son hábiles estos navegantes.

Al paso por la costa galaica un fuerte temporal nos sorprende y decides refugiarte en el puerto seguro de una pequeña ría. Apenas pones pie en tierra, tu atenta mirada de guerrero observa una extraña y pequeña nave amarrada y desierta. Preguntas por sus dueños.

Son un pequeño grupo de monjes irlandeses que llegaron un par de horas antes y el señor del lugar les ofreció refugio y cama. Monjes irlandeses en tierra de pelágios no es cosa rara de ver, pero, ¿a qué habrán venido? ¿De qué estarán huyendo? Esta gente siempre está al mar, yendo de aquí para allá.

Ya ves llegar deprisa y corriendo al señor de la villa con dos guardias detrás. Y a tus pies se postra raudo al reconocerte.

—¡Qué gran alegría! ¡Qué gran honor para nuestra casa! ¡El rey ha llegado! ¡El rey! Grita dando grandes voces.

—Vale, vale, no grite más, mi noble Arnaldo; ya le habrán oído hasta en Mondoñedo.

—Señor, disculpas pido y mi casa ofrezco. Todos le hacíamos atacando Lisboa.

—Atacada y arrasada la hemos dejado. Estos barcos son parte del botín que me traigo de recuerdo. ¿Qué historia es esa que me han contado los pescadores de unos monjes foráneos?

—En mi torreón les tengo refugiados. Vayamos presto, mi rey, a resguardo del temporal y podrá conocerlos.

Una noche grata fue aquella, recuerda el rey, mientras lava un par de manzanas en una fuente y se las desayuna. Inmediatamente le cayeron bien aquellos monjes; le recordaban los años que pasó en su juventud en un monasterio con otros monjes similares.

En cuanto supieron que era el rey de Hispania, le pusieron al corriente de sus planes: Iban a Roma para dar cuenta a su obispo y a la cristiandad entera de un importante hallazgo de su obispo marinero. Brandan, o algo así dijeron que se llamaba, había navegado hacia el oeste y había encontrado varias grandes islas prácticamente deshabitadas.

¿Al oeste? ¿Más allá de la mar océana?

Aquella noticia le pareció fiable por venir de quienes venía y hacia quienes se dirigía. Esa noche y sucesivas, una clara idea, pero arriesgada, se fue formando en su dura mollera de rey monje; con los bajeles al resguardo del puerto de Gijón, apenas llegó a su enclave palaciego, convocó en curia palatina a todos sus nobles para una fecha cercana. Algunos aún estaban de regreso de sus últimas correrías por la costa occidental de España.

Hay días que huelen a triunfo desde el primer momento que te sientes respirar, al salir del mundo de los sueños, antes aún de abrir los ojos. Reunidos los nobles en su palatino retiro, les expuso su proyecto en distendida charla.

—¿Y dices, Alfonso, que ese Barandán obispo encontró una isla al occidente?

—Encontró varias y algunas muy grandes. En cuanto los monjes lleguen a Roma, si no lo han hecho ya, la noticia correrá como los galgos en todas direcciones. Incluso los sarracenos saldrán a toda vela para buscarlas y reclamarlas para sí; el emperador Carlos estará ya desplegando velas en la costa franca; menudo águila está hecho.

—Y tú tienes tres de los mejores bajeles que existen; entiendo.

—Y los suficientes navegantes bien avezados en surcar los mares.

—Pero los pescadores siempre han dicho que no se puede ir muy lejos hacia occidente; que vientos y corrientes te mandan de vuelta a la costa a poco que te alejes.

—No se preocupe por ello, mi conde Teudane, que ya se encontrará el modo y manera de superar con esos buques lo que consiguieron unos monjes con sus lanchas.

— Pero aprovisionar tres bajeles para la conquista saldrá por un pico!

—Y de los grandes, mi conde Fruela. ¿Quién de vosotros quiere liderar la empresa? Todos callados; lo suyo son los caballos y las yeguas, no son marineros. Tras unos minutos de callada ausencia y mirada extraviada a los vencejos que les pasan cerca, uno de los nobles se atreve a abrir la boca.

—¿Y este convite cómo se paga? ¿Vas a ir tú?

—Yo no iré, pero ya tengo el hombre que dirigirá la travesía náutica. Será mi amigo Teodoro, el conde bizantino, bien ducho en manejar esas naves, quien embarcará con todos sus hombres. Pero solo son quince soldados a repartir en tres grandes barcos; lo justo para vigilar a los marineros moros. Y el convite se paga a escote, como siempre, y a la vuelta se reparte; no vamos a cambiar ahora nuestras costumbres por unas cuantas islas. No me digáis que no tenéis posibles con todo lo que nos hemos traído de Lisboa; a alguno le tentará ser conde de una isla propia. Necesito soldados, cien por nave, es lo mínimo, son trescientos; también irán unos cuantos pescadores; así mismo embarcaré seis de mis judíos, que son hábiles artesanos de los metales y entendidos en minerales. Pensarlo un momento: ¿y si encuentran plata y oro en esas islas vernales? Lo diré por última vez: ¿Quién se apunta a este festín? Porque en cuatro días levantarán velas y se irán.

No hizo falta decir más, recuerdo bien; casi hay combates a espada allí mismo (y no sé si no habría alguno a mis espaldas, que bien conozco a los nobles). En cinco días estábamos en el puerto despidiendo los bajeles. ¿Un pico? Una montaña costó aquello. Solo con lo que tuve que pagar por unas velas nuevas luciendo la hermosa Cruz Patada, hubiera levantado una iglesia.

La impedimenta, los alimentos, las cubas de agua, todo estaba maravillosamente ordenado nave tras nave. No me había equivocado con Teodoro; un regalo del cielo aquel hombre que había conocido en Victoria y se vino conmigo a las Asturias. Gente rara los romanos, pero fiables soldados y muy devotos; y nadie discutió su jerarquía al mando. Años se había pasado batallando en los bajeles del Emperador Romano de Bizancio antes de venir a Hispania y aquello se notaba a simple vista. Los morucos se los habían arrebatado al Emperador Romano y ahora me harían a mí Emperador Hispano.

Les saludé con la mano al verles partir y mi pecho henchido de emoción y orgullo me obligó a hacer grandes esfuerzos para no gritarles al soltar amarras. (Como encuentren algo de plata, se van a enterar los morucos el verano próximo. ¡Los echo a todos de Hispania!).

Fue la última vez que los vi; nunca más se supo de ellos. El mar se los tragó. También se debió tragar a los monjes el gran océano, pues han pasado los años y nunca llegó noticia de ellos a obispo alguno.

Y yo sigo preso; ocho años ya me siguen teniendo prisionero los que a mi convite acudieron; ocho años llevo ya en este pequeño monasterio, he vuelto a ser un sencillo monje lejano del mundo y sus miserias. ¡Qué cruel es la vida! Tenía tantos grandes sueños: una ciudad nueva, un gran templo, un imperio...

Mejor me hubiera quedado con los monjes irlandeses practicando canto gregoriano. Pero me ganó la rabia. La rabia de ver Hispania en manos de los moros.

¿La secta de la cruz?

Cruz les voy a dar yo a los mahometanos invasores.

¿Que nosotros somos una secta?

Ellos sí que tienen sectas, y se matan entre sí a degüello, sin piedad alguna.

Los judíos también tienen sectas, y se aborrecen los unos a los otros, pero... ¿Nosotros?

(Tenemos disputas con los obispos de Toledo, manín. Recuerda a tu amigo Beato de Liébana).

Pues levantaré una Nueva Toledo. Aquí, en mitad de Asturias. Y un gran templo dedicado a San Salvador. Le pediré al emperador Carlos que me envíe canteros que sepan levantar una basílica adecuada al culto.
Tenía tantas ilusiones...

Terra incognita e lontana

Aún podemos ver en las retinas del conde Teodoro las últimas costas de la tierra hispana que semanas atrás dejaron. Pararon en La Coruña para cargar agua dulce y alguna cosa de comer, y después... ¡A la aventura!
¡Qué gran esfuerzo y qué desesperanza! A ratos y días han tenido que echar los remos al mar y esforzarse por superar una corriente que les mandaba de vuelta a casa, pero ahora están encontrando buenos vientos, cada vez más frescos, que les llevan a su destino; pero o encuentran pronto tierra alguna o perecerán de seguro. En dos días a lo sumo se quedarán sin sidra, sin cerveza, y... sin agua potable tras tantos días flotando como corchos sobre el océano.

Es noche cerrada y tan solo Teodoro y su fiel amigo Pelayo se mantienen despiertos. (Es el hijo mayor del conde Toribio; que a punto estuvo de matar a algún rival por tener sitio en el barco). Tantos días al albur de los piélagos ensombrecen el ánimo del joven pelagio; su bravura parece haberse ido por la borda noches atrás y ahora no pega ojo. Al timón lo tiene Teodoro y le va enseñando cómo guiarse por las estrellas.

Le va nombrando constelaciones: ¡esa es El Boyero! Y se las hace repetir una docena de veces para que las recuerde. Los moros les ponen otros nombres, pero hacen los mismos trazos. El muchacho escucha extasiado los relatos del conde sobre la prodigiosa ciudad de Constantinopla; el ombligo del mundo.

Sus riquezas inconmensurables, sus palacios, la inmensa Magna Sofía, el mayor templo del mundo, el puerto inagotable con cientos de naves llegadas de cualquier lugar conocido, los millones de esclavos que trabajan las tierras del mayor imperio jamás creado. Bizancio, ¡Bizancio! Se aferra suavemente a los fuertes hombros del joven pelagio, pero sin resultado; viejas costumbres de los griegos, el muchacho prefiere siempre la compañía de su amigo Jacobo. Cansado ya de tanto velar por momentos reposa su bruñida cabeza sobre el hombro de Pelayo cerrando los ojos. Total, no se ve ni una berza en esta noche tan oscura y sin luna. Qué desesperación, se han llevado el mundo; así se verían Noé y los suyos tras el diluvio, tan solo los pescadores sonríen a veces con lo que izan a bordo de vez en cuando. Grandes peces; peces, solo peces es lo que quedará en este mundo cuando nosotros nos hayamos ido.

Peces de grandes ojos y brillantes escamas, el mundo futuro. Cuando caiga Bizancio y se sumerjan sus altivas torres en las negras aguas del Ponto. Peces, pececitos.

− ¡Despierta! ¡Despierta, Teodoro! Mira la proa.

−¿Err? ¿El qué? ¿Qué hay?

−A babor no, la proa, ¡esas luces! ¿Qué son?

Sobre la proa de la nave capitana han ido apareciendo una serie de luces de distintos colores, y el cerebro avispado del conde viajero se dispara ante lo desconocido con un millar de especulaciones sucesivas. ¿Ángeles? ¿Qué tipo de extraña magia será esta? De un brinco se incorpora y despierta a patadas a su fiel Orestes, su hombre de confianza. Espadas desenvainadas, y me guardas las espaldas.

–Pelayo, da la alarma; despierta a todos. ¡Arriba moros! En pie todos.

Con cautela va atravesando la nave con la espada por delante. Nunca vio, escuchó, o leyó algo sobre luces semejantes que se arremolinan sobre el mascarón cercano. Pausados, atentos, pero no titubeantes, se van acercando y cuando los dos se hallan a pocos pasos, las lucecitas se alejan del barco y se colocan en hilera unas cuantas brazadas por delante.

– ¡A los remos! Todos, ¡ya!

Teodoro se sube al mascarón y observa el desfile luminoso; Orestes al timón, va siguiendo sus indicaciones para seguir el rumbo que les van marcando. (De tierra, de alguna tierra incógnita tendrán que haber llegado esos seres extraños. Hay que seguirlos como sea; el alba está cercana).

Con las primeras luces del día, el ojo experto de los navegantes está avizor de cuanto surja en lontananza, por donde desaparecieron las luces de colores. Los tres bajeles van casi a la par; la mañana es fresca y luminosa; algunas nubes lejanas, oscuras, los ponen aún más en alerta. Está lloviendo; allá a lo lejos está lloviendo. ¡Qué bien les vendrá esa agua para rellenar sus vacíos barriles!

– ¡Remar! ¡Remar perros! Vamos por esa agua dulce de la lluvia; hay buen viento.

En menos de una hora ya caen las primeras gotas sobre sus sudorosas cabezas y gritos de júbilo salen de todas las bocas, en sus lenguas maternas al sentir cómo se empapan calzas y jubones.

–Subir los remos a bordo. Vale por ahora de esfuerzo; hora de desayunar.

Les grita Orestes a su tripulación y a los otros dos bajeles.

–¡Jalil! Sigue tú con el timón; ya te mandaré un relevo.

–(Triste perro mastín. Si yo te tuviera de esclavo, allá en mi luminosa estancia de la bella Gades, ¡Cómo te haría azotar! Sucio infiel que te resguardas de la lluvia, por no lavarte y seguir oliendo a cerdo).

Pero ha de seguir al timón y atento. A su lado siempre hay un soldado presto a sacudirle con su pica o cortarle el cuello con la espada. Un romano; esta vez ha dejado a su lado un soldado de Bizancio. No tienen la mirada asesina de los hispanos, pero saben estar aún más atentos a cualquier detalle raro, suyo o de sus hermanos musulmanes.

Chubascos sucesivos van cayendo esa mañana y un viento fresco los va echando al sur por más que luchan por mantener la deriva. Jalil tiene turno de timón esa mañana, y aunque de vez en cuando puede levantarse dejándolo en manos de un pescador, mantiene la vista siempre avizor, pues su olfato marino le dice que tras esas cortinas de agua y nubes oscuras se oculta algo. Aves, aves náuticas cada vez más numerosas se atreven a pescar aprovechando las estelas y las jarcias de las naves. No estarán muy lejos sus nidos. La hora del rezo del mediodía. Ya seguirás mirando.

–Vale, vale ya, venga, morucos, a lo vuestro, basta de rezos.

–Déjales, Jacobo, no incordies ahora que está todo el mundo contento. Han vuelto a pescar unos cuantos peces grandes y hoy podremos comer caliente. ¡Salmones! ¡Salmones! Se gritan unos a otros, y volvemos a tener agua suficiente.

—Bueno, vale, pero que vuelvan al timón y la navegación.

—Ya vuelvo, pelagio, ya mismo.

Algo detiene los pasos de Jalil cuando camina de vuelta al timón; algo entrevisto por el rabillo del ojo que le hace girar la cabeza y salir corriendo hacia el mascarón de proa. Como flechas salen tras él Pelayo y Jacobo pensando que el moro ha enloquecido con los rezos y trata de saltar o sabotear la nave. Pero Jalil se sube sobre las maderas, comenzando a dar grandes voces en árabe e indicando con el brazo.

—Me cago en el puto moro. ¿Qué dices, hombre? ¿Qué hay? ¿Qué…?

Sí, ¡sí! Es tierra, tierra a la vista. En segundos, grandes voces se dan de nave a nave y los fuertes abrazos que todos se dan no entienden de raza, lengua o culto. ¡Al fin una isla! ¡La isla de Barandán por proa! Ya la tenemos a nuestro alcance.

Labores de aproximación, rolando a babor y a estribor para ir buscando cala o puerto seguro; el viento fresco, más que otoñal, parece ya invernal, les lanza aguacero tras aguacero; tranquilos, sin miedo, aprovechando que rola al sur, constantemente les va llevando sin mayores problemas por una costa verde y de hermosas montañas y acantilados. Antes de que el sol se vaya, ya han echado el ancla en la desembocadura de un río.

Teodoro está que echa humo por las orejas; en vez de contento, es pura furia incontenible; a punto ha estado de cortar la primera cabeza y aún no han puesto pie a tierra. Una cabeza judía.

−Yo se la hubiera cortado.

−No seas tan bruto, Jacobo; nos hacían falta todas las manos para adueñarnos de esta tierra.

−¡Pero tú recuerdas cómo se enfrentó Daniel al conde!

−Sí, vale, cada uno con su razón; vete a picar un poco.

Os cuento yo ahora, porque este Jacobo tendría que haberse quedado en la aldea cazando rebecos, y no es buen relatador. Fue ver tierra y nos invadió una alegría como nunca habíamos experimentado; a mí y a todos. En pleno jolgorio general Teodoro, apareció con un gran escudo redondo y ordenó a uno de los judíos que le grabara un dragón pues era el escudo que pensaba utilizar en el desembarco; y este se negó en redondo. Todos nos quedamos de piedra; hasta paró de llover en ese momento.

—A ver, Jeremías, o como te llames, a lo mejor no me has entendido (Tan alto gritaba que le debían estar escuchando tierra adentro). ¿Ves este escudo? Quiero que me grabes un dragón aquí mismo. ¿No sabes cómo es un dragón?

—Le entiendo perfectamente, señor conde, pero no puedo hacer lo que me pide y mi compañero tampoco.

—Mira, platero, no me toques los cojones o vas a pasar más años de galera que vivió Matusalén. ¡Coge la puta gubia y empieza ya!

—No se enfade con nosotros. ¡Ningún judío del mundo le hará jamás el encargo! La religión nos impide hacer o mirar representaciones de ese tipo. Le haré una preciosa estrella de nueve puntas y…

– ¡Iconoclastas! Encima, vaya regalo del rey. Ya te contaré yo lo que me vas a grabar a mí y a todos los míos. No te corto en pedazos ahora mismo y los tiro por la borda por la gran alegría del día y no dejaré que me la eches a perder. Pero todo lo que no habéis remado en la travesía lo vais a hacer de aquí en adelante. ¡Orestes! Esta pareja, a partir de ahora los quiero en la primera fila de remos; ya veréis qué rápido os dais cuenta de lo lejos que estamos de Jerusalén. Y rezadle mucho a vuestro Moisés para que la primera mina que encontréis sea de plomo, porque me sacaréis el mineral con vuestras manos, me fundiréis el metal, y me haréis unas buenas cruces.

¡Que yo mismo clavaré sobre vuestros putos cráneos cuando os entierre! Ya os enteraréis de lo que significa desobedecer una orden mía. Venga, que no tengo ganas de perder todo el día. ¡Jalil! Tú harás la guardia nocturna.

Aquella noche tampoco pude dormir apenas; cuando no era un moro, era un cristiano el que se levantaba a cantar o a hacer una gracia; tanto era el miedo que habíamos pasado día tras día tan solo viendo agua por todas partes.

En cuanto amaneció, bajamos a tierra y exploramos la zona; no había un alma, miráramos a donde mirásemos, tan solo bosques por donde corrían los ciervos y mucho, mucho frío. ¿Y ahora qué hacemos? Seguimos navegando hacia el sur aprovechando corrientes y vientos; el invierno estaba ya encima en aquella tierra y buscábamos zonas soleadas y protegidas del rigor norteño. La isla parecía enorme y encontrábamos otras muchas pequeñas; parábamos en alguna cala propicia y hacíamos pequeñas incursiones.

Parecía cierto lo que habían contado al rey Alfonso los monjes de Barandán: que apenas había gente por ningún sitio y huían nada más ver nuestras velas. Intuimos más que ver a las mujeres de aquella isla, pero corrían como liebres y no pudimos capturar alguna.

Comenzó a nevar copiosamente y aunque estábamos en la costa, por las noches helaba y más parecía que habíamos vuelto a las brañas altas de la cordillera cantábrica.

Nada de ganado doméstico en parte alguna, pero sí abundante caza de todo tipo y tamaño, ni un pequeño lugar habitado. Teodoro y los condes decidieron seguir explorando la costa con las naves en busca de tierras más cálidas, pues aquella isla parecía en verdad muy grande. Ni rastro de Barandán o europeo alguno.

Tras unos días de cabotaje, llegamos a una tierra donde la primavera parecía haber hecho morada eterna, pues en pleno diciembre el tiempo era delicioso. Largas, inmensas, inagotables playas donde echar el ancla y, apenas nos adentrábamos en tierra firme, encontrábamos abundante agua potable y alimento en abundancia. La alegría iba en aumento.

En algún momento conseguimos comunicarnos con las gentes del lugar por señas y gestos, pero fuera lo que fuera que les preguntábamos, siempre nos indicaban hacia el sur. ¿Un gran reino? Hacia el sur. ¿Oro y plata? Hacia el sur. ¿Mujeres? Hacia el sur. Los dejábamos por imposible y así continuamos hasta dar con un cabo que los pescadores bautizaron inmediatamente como el de la Abundancia. Echaran donde echaran las redes, las subían llenas de peces, pero a mí me estaba hartando tanto pescado. ¿No habrá en esta isla inmensa cerdos o jabalíes o vacas o algo que no sean ciervos? Y esos dragones terribles que acechaban en las orillas de ríos y lagunas.

Teodoro se empeñó en matar uno y no paró hasta conseguirlo; de hecho, él y sus hombres mataron cuatro y nos comimos su blanca carne en un festín en honor de su santo patrono: San Teodoro, no iba a ser otro. Los judíos no sabían dónde meterse.

Después del cabo de la Abundancia, la costa comenzó a girar al norte tras pasar rodeando unas pequeñas islas, y la seguimos. Los capitanes discutían constantemente, en griego, sobre el tamaño inmenso de esta tierra y, al igual, los musulmanes se gritaban en árabe. Yo, que soy de las montañas y que nunca me había ni mojado los pies en las playas de mi lejana Hispania, algo les entendía. Aquello era mucho mayor de lo imaginado. La costa era ahora muy distinta, con muchas calas y promontorios, y ríos que desembocaban al mar.

Cuando los capitanes acordaban, parábamos en algún paraje largo tiempo, haciendo incursiones tierra adentro, pero enseguida volvíamos a los bajeles.

Eran selvas, selvas intrincadas pobladas de monstruos y serpientes venenosas, sin rastro de minerales o lugar donde permanecer seguros; y perdimos cuatro hombres entre unas cosas y otras. Seguimos navegando.

A partir de un sinuoso cabo, la costa nos cambió el rumbo de nuevo al oeste cuando todos pensábamos en seguir al norte y así dar la vuelta completa a la gran isla. El territorio costero iba cambiando paulatinamente y a las selvas les siguieron umbríos bosques de árboles desconocidos, con abundante caza y tribus de cazadores huidizos con los cuales apenas pudimos tomar contacto alguno. Al igual que nosotros, utilizaban con gran habilidad el arco, pero preferían la jabalina a nuestros chuzos con punta de hierro.

Se dedicaban casi por completo a la caza de cérvidos y eran fabulosos corredores que apenas se asomaban al mar. Un grupo en el que iba yo logró parlamentar un rato con unos cazadores. Por gestos y dibujos en el suelo nos indicaron que siguiendo la costa encontraríamos la desembocadura de un gran río. El más grande que nunca hubiéramos visto.

Teodoro reunió a condes y capitanes y, tras una breve charla, decidieron seguir navegando hacia el oeste en vez de regresar; de todos modos seguía siendo invierno y en aquella costa se volvía a notar e interesaba sobre todo saber el tamaño de aquella isla a la que habíamos arribado.

Por lo que habíamos recorrido, parecía que fuera tan grande como la propia Hispania o mayor aún; tiempo habría de descubrir sus riquezas.

Bosques y selvas, mucha caza y pueblos poco belicosos que no construían ni villas ni ciudades; no había reinos.

Habíamos encontrado una tierra tan grande como para entregar un condado a cada uno de los embarcados; moros incluidos.

De vuelta a las naves y el cabotaje.

Al poco encontramos una gran ría, inmensa, donde desemboca un gran río, y echamos el ancla. Casi un mes pasamos explorando aquella zona de marismas y ambas costas. Un lugar apacible y estupendo, pero al contactar con las partidas de caza de los naturales del lugar siempre nos salían con el mismo cantar: que al oeste encontraríamos el río más grande del mundo; y una mañana levamos anclas y dejamos la ría atrás. Encontramos una gran ensenada y un estrecho brazo de mar que nos condujo a un inmenso lago. Los pescadores pensaban que habíamos llegado al Paraíso y con ese nombre lo bautizaron: Lago Paraíso. Era tal la abundancia de peces, nos afirmaban, que apenas necesitarían construir barcas si nos quedábamos allí, pues echaran donde echaran las redes, las sacaban llenas; incluso en la propia orilla.

Las primeras discusiones. Muchos querían dejar ya de navegar y levantar en cualquier lugar nuestra primera aldea en aquella tierra; tal vez entre el gran lago y el mar. Oro no habría, pero comida nunca faltaría, ¡el Paraíso! Algunos grupos de naturales, hombres y mujeres, se acercaban día sí, día no, al campamento a conocernos e intercambiar cosas. La placidez nos invadió. Pero Teodoro se mostró una vez más inflexible: unos cuantos días para conocer la zona y seguiríamos de cabotaje; ya habría tiempo de levantar aldeas y ciudades.

No llevábamos una semana en la zona cuando un grupo de exploradores llegó al campamento con una gran noticia: no nos habían engañado, caminando más allá del sur del lago, habían encontrado el río más grande del mundo, aseguraban. Los naturales no nos habían engañado, era cierto, lo habían visto.

Teodoro no lo dudó un instante; la mañana siguiente la aurora nos alcanzó en las naves y remando de lo lindo. Nuestro jefe parecía de la estirpe de Neptuno mismo. A mediodía alcanzamos la desembocadura de un río. ¡Y qué río! Era el padre de todos los ríos. Teodoro recordaba descripciones que su anciano padre le había dado del gran Nilo de Egipto. Este que teníamos delante era tan grande o mayor; y enseguida discurrió. Llamó a las otras naves a su lado y ordenó que le siguieran hacia el oeste.

Los capitanes de los otros dos bajeles, Basilio y Aquiles, querían subir río arriba, remando. Ni siquiera se veía la orilla izquierda de aquel portento y la sensación general era entrar a conocerlo, pero el jefe comenzó a amenazar con cortar cabezas si notaba disensión alguna. El bajel de Aquiles en cabeza, Basilio detrás y nosotros a dos brazadas cerrando la armada; encontramos la otra orilla y seguimos de cabotaje.

Era una gran península con varias salidas de agua formando un delta, como nos explicaba Teodoro, y la recorrimos bien cercanos a la costa, estando siempre muy atentos a los bancos de arena, hasta dar con un lugar donde poder fondear; pasada la media tarde, dimos con un lugar ideal, echamos las anclas y desembarcamos.

Un campamento improvisado y cenando con las últimas luces del día, ya se notaba cómo crecían las expectativas de haber encontrado algo verdaderamente grande. ¡Llevábamos dos meses o más bordeando costas y aquella isla no parecía tener fin! Habíamos dado con algo digno de un emperador; romanos y morucos no paraban con sus cuchicheos; al fin Basilio lo resumió en pocas palabras:

—Este río es el más grande del mundo; he escuchado relatos de cómo es el delta del Danubio y hemos cruzado cuatro Danubios juntos. Esto no es una isla.

—Tienes razón, Basilio, yo también oí en mi niñez hablar del Nilo y este río es tan grande o más. Y aquello es África. La isla de Barandán, quizá nunca encontremos a ese obispo o a los suyos, es un continente por lo menos tan grande como Europa. No las hemos visto, pero de seguro que al norte ha de haber montañas inmensas de donde viene tanto agua. Si os parece bien, a partir de mañana mismo comenzaremos a buscar un buen puerto por esta zona y fundaremos nuestra primera colonia. Antes de partir de regreso, dejaremos en pie nuestra primera ciudad en este nuevo continente.

—¿Cuándo volveremos y quiénes se quedarán, Teodoro?

—En verano, cuando el tiempo esté de bonanza. Tenemos tres meses por delante para dejar levantado un lugar habitable y fortificado. Ya decidiremos quiénes se van y quiénes se quedan.

Al día siguiente dimos con un lugar ideal; una península con un pequeño promontorio vigilaba un estrecho paso entre el continente y una pequeña isla. Atrás quedaba una gran bahía de blancas arenas y de frente el océano, cercanos al delta del gran río, y selvas y praderas a nuestras espaldas; comenzamos a desembarcar equipos y armas.

Una de las naves, al mando de Aquiles, salía de vez en cuando para seguir explorando hacia el oeste o regresaba al lago Paraíso. El que más y el que menos ya estaba cavilando para sí dónde se levantaría su propia ciudad y puerto donde traerse a los suyos de Hispania. Hacía ya seis meses que habíamos partido de Asturias pensando en conquistar dos o tres islas y lo que nos habíamos encontrado daba como para tener cada uno su propio califato. En cuanto se diera noticia, Hispania entera se quedaría despoblada; una loca carrera entre moros y cristianos por levantar un nuevo imperio en este continente inexplorado.

Teodoro tenía una cabeza privilegiada y era veterano de muchas guerras y batallas; ya intuía las que se darían por estas nuevas tierras en cuanto se conociera su existencia; así que lo más urgente, decidió, sería levantar un puerto bien fortificado que controlara aquella costa y las entradas del río.

Mentalmente repasaba los lugares recorridos desde que atisbamos esta tierra incógnita y decidía dónde tendría que ir levantando fuertes para defender el territorio. Los doce pescadores que había traído consigo fueron los primeros en mostrar su entusiasmo y alegría; aplaudían hasta con las orejas. Aquel mar cálido era extraordinario no solo en peces, sino también en abundante marisco de todo tipo; las costas en crustáceos, al oriente y cercano el río inmenso, inagotable, de caudal prodigioso, y un poco más allá el Lago Paraíso.

Parecía que habíamos encontrado el cuerno de la abundancia, y rápidamente nos pusimos a trabajar para construir un puerto seguro. No era un terreno elevado, pero un istmo nos separaba del continente; sería fácil de defender. Había madera abundante y las rocas las traíamos de la isla de enfrente y de otros lugares.

Como la península tenía una forma de horca los pescadores levantaron su barrio en el brazo que daba al mar y también los moros que iban a la par en su amor al mar. Ya solo quedaban quince moros vivos; por ese lugar se decidieron. No hubo discusiones, enseguida acordaron y colaboraron.

Los seis judíos fueron más aviesos; se fueron al otro brazo, con vistas a la bahía blanca. No eran gente de mar y lo habían pasado mal con tantos meses de navegación, pero se mostraron mañosos a la hora de levantar las primeras cabañas. Nosotros, los hispanos, no parábamos de discutir constantemente sobre esto, lo otro, y lo de más allá.

Teodoro resolvía nuestras disputas embarcando a unos con Aquiles, que se iba de descubierta cada vez más al oeste, y enviando a otros hacia el norte para que exploraran aquella zona de marismas, grandes lagunas, y arenas movedizas; algún compañero perdimos en aquellas batidas, pero a cuenta de eso pronto comprendimos que era prácticamente imposible que por aquellos pantanos nos atacaran los reinos que hubiera en esta tierra. Se los tragarían las arenas movedizas.

El jefe prefería quedarse con Orestes y sus romanos; empleaban horas y horas en trazar las calles y las fortificaciones con los cabos de las galeras y altas pértigas. En pocos días ya teníamos marcada la nueva ciudad: Nueva Corinto; así la bautizaron, pues era de donde todos ellos procedían en su querida Grecia.

Llegó el verano y sus calores repentinos y nos encontró levantando una ciudad al borde del mar; yo la hubiera llamado Nuevo Gijón, pero era poco lo que mandaba en aquella aventura por entonces. Trescientos españoles trabajando del día a la noche dan para mucho avanzar y rápido; apenas una docena eran soldados del rey, muy experimentados en el manejo de las armas y la batalla, seis condes (Bueno, hijos de conde, que los embarcaron por sacar ellos buena tajada).

El resto eran labradores, montañeses, cabreros; eso sí, muy fieros y laboriosos. Al tener tal abundancia de madera y paja, más la roca que se cargaba en los bajeles, en poco tiempo Nueva Corinto estaba medianamente fortificada y llenándose de cabañas.

La noche de San Juan hicimos gran fiesta y hoguera y Teodoro convocó a capítulo a condes y capitanes a la mañana siguiente:

—Hablemos paladinamente; ya va para cerca de un año que salimos de Hispania. ¿Y qué tenemos? Aquiles, habla tú.

—Hemos encontrado un nuevo continente, seguramente tan grande como la propia Europa. Con lo que hemos navegado y aún no le encontramos límite; hemos seguido jornadas y jornadas con mi bajel hacia el oeste y la costa no tiene término.

Podríamos pasarnos años navegando y no encontrarle fin; los griegos antiguos como Eratóstenes y Posidonio nos dejaron cálculos sobre el tamaño de la Tierra; no sabemos qué sabio estará en lo cierto, pero podemos estar ya seguros de que es muy grande y aquí estamos en una tierra casi totalmente vacía de hombres.

—Y además, tenemos ese río fabuloso, tendrá docenas de afluentes bajando de enormes cordilleras allá en el norte.

–Eso está claro para todos, Basilio, pero el asunto del día es qué hacer de ahora en adelante. Os expondré mi idea y me diréis qué os parece. Un bajel se quedará aquí en Nueva Corinto, el tuyo, Aquiles, y su tripulación se quedará al cargo de defender y mejorar la fortificación, además de seguir explorando este territorio. ¿De acuerdo? Basilio y yo volveremos por donde vinimos y buscaremos, ahora que es verano, un lugar que fortificar en la costa donde arribamos. Basilio, tú y los tuyos quedaréis al cargo; el mismo plan: fortificar y explorar. Los condes se repartirán entre este lugar y el de la costa este; que decidan ellos mismos dónde quedarse. Yo regresaré a Hispania al comenzar el otoño para dar cuenta al rey y volver con más gente y más naves. ¿Algún problema?

–Me parece bien el plan que has concebido, tan solo te hago un pedido y es que tus dos judíos se queden conmigo; otro enfado y los tiras al mar y a mí me vendrán bien; son laboriosos.

–Concedido, Aquiles; a ver si encuentran pronto alguna mina.

—Va a ser difícil en esta zona, pues todo lo atisbado son o marismas o praderas sin fin al occidente del gran río. Si tuviéramos caballos, podríamos hacer expediciones más rápidas y a tierras lejanas; pero yendo a pie, esto parece un mundo inagotable; harían falta miles de hombres. Por ello te propongo que me des permiso para subir río arriba hasta donde podamos llegar.

—Es buena idea; selecciona tú mismo los hombres que necesites y partes mañana mismo. Tan solo tendrás diez días para subir río arriba y volver aquí, pues quiero embarcar con Basilio, en quince días a lo sumo, de regreso a Hispania. Cuando nos hayamos ido, ya decidiréis qué acciones tomar para sacar esta empresa adelante.

—Diez días serán suficientes para subir por el río y volver; me llevaré a los mejores remeros de los tres barcos.

—Nosotros seguiremos fortificando la ciudad; parte sin temor, pero bien pertrechado.

Éramos gente decidida y habilidosa y los bizantinos sabían detrás de lo que andaban. Cuando Aquiles partió con su nave por el estrecho hacia el mar, ya se veían asomar los cinco torreones y la gran puerta de salida al puerto de Nueva Corinto.

Los pescadores se afanaban en construir un par de buenas barcas para salir al mar o a la bahía, y los campos cercanos pronto conocieron las primeras marcas de roturación y nuestros granos hispanos. Veníamos a quedarnos; las tribus del río debieron comprenderlo rápidamente y la noticia también debía volar como las águilas por las lejanas praderas.

Muchos intercambios provechosos, pieles maravillosas a cambio de cuencos de madera era lo primero que ofrecían y se terminó por cambiar hachas por mujeres. Era una locura continuada, una vida paradisíaca.

Los judíos no perdían una hora en contemplaciones y pronto contábamos con dos estupendos hornos y dos forjas inmensas. No parábamos de desembarcar cosas de los bajeles, todo lo que no haría falta para volver a España. Teodoro apuntaba en una lista cada cosa desembarcada y en otra todo lo que debería llevar de vuelta. La aventura se había planteado como una expedición de exploración y conquista; explorar algo se había explorado en las costas de esta tierra lejana, pero conquistar, nada de nada.

Nadie nos ofrecía resistencia alguna; sencillamente, al vernos se largaban como ciervos asustados y corrían como galgos al más mínimo gesto nuestro. Teníamos que sentarnos en el suelo y esperar largo rato hasta que alguno se atrevía a acercarse y parlamentar. Hasta los moros se partían de risa de vez en cuando; pero cuando vieron a un vasco, el Peio, cambiar un hacha por una mujer (La mujer más guapa y mejor formada que jamás habíamos visto ninguno. En Hispania no podría ser menos que condesa). Los demás no paraban de cavilar ideas para conseguir una mujer propia.

Esto ya no fue cosa de risa; si a alguno odiaban y despreciaban los morucos, era a los vascos. ¡Idólatras! Era lo mínimo que les soltaban por cualquier causa, a lo que estos respondían con patadas y puñadas, y ya habían muerto un vasco y dos moros en las reyertas que montaban. Y porque enseguida aparecía Teodoro y sus romanos, espada en mano para parar la algarada, porque si no ya pocos moros nos quedarían; o vascos, pues andaban a la par en número y odios mutuos. Más hombres se perdieron en la intención de Aquiles de navegar río arriba por su inmenso cauce. Pero mejor que os cuente Jacobo cómo les fue en aquellas jornadas.

–Gracias, Pelayo, magnífico, pero poco hay que contar. Después de cruzar el gran océano, el viejo país se nos quedaba pequeño en el corazón, y tal que así los recuerdos de nuestros parientes y las muchas batallas en las que habíamos estado inmersos. Encontrar lo que pensábamos era la isla del obispo Barandán nos llenó de expectativas; aunque hubiera guerra de conquista con algún rey o califa, íbamos bien preparados con nuestros tres altos bajeles y más de trescientos hombres de guerra.

Hacernos con un buen puerto y levantar un torreón o varios era lo que nos había ordenado el rey y los nobles que la aventura financiaron. Fueron muchas monedas de plata las que posaron. Pero al no encontrar resistencia humana, nos enredamos en explorar vastos e inabarcables territorios que, al no haber traído caballos, se nos hacían eternos.

El río, el río magno, me alcanzó como una flecha en el corazón; tan solo el Nilo, del que tanto hablaban los romanos, podría igualarlo en magnificencia y caudal inmenso. Y allá vamos.

Embocando, ¡Remar, cabrones! ¡Remar! Las velas triangulares desplegadas, viento propicio, nuestra cruz pronto se vería en el interior de este nuevo continente. ¿Qué encontraremos aguas arriba? ¿Pirámides como las de los egipcios? ¿Imperios como el romano?

Un río bravo y fatídico

Subíamos siguiendo la orilla occidental del río magno a velas desplegadas; soplaba a menudo un buen viento del sur, pero los remos siempre abajo, los hombres atentos a las órdenes de Aquiles para bogar en un sentido o en otro para evitar bajíos y remolinos que podrían tragarse la galera y las fuertes corrientes que a menudo nos obligaban a dar bandazos. Selvas, marismas, bosques intrincados, encontrábamos en cada meandro del río magno.

Millares de pájaros pasaban sobre nuestras cabezas, de todos los colores y tamaños habidos y por haber; era un nuevo continente y nada nos recordaba algo visto anteriormente. Otras tierras y otros pueblos que nunca habían visto gentes como nosotros y nuestra galera. La mayoría se escondía al vernos o huía; algunos se atrevían a acercarse ofreciendo cestos de aquel extraño cereal que tanto plantaban.

La compañera de Peio nos había enseñado rápidamente cómo consumirlos; tostados se nos hacían especialmente agradables y nutritivos. Íbamos constantemente buscando lugares de atraque, despejados, donde poder arrimarnos a tierra y bajar de exploración. El joven conde Bermudo (Se estaba ganando el título a pulso desde que llegamos a esta tierra inmensa. Ya no era el hijo de…). Salía con sus quince hombres de batida por los alrededores; no le intimidaban ni bosques ni pantanos y siempre volvía con algo. Extrañas plantas, frutas sabrosísimas, algún ciervo descuartizado y cosas de todo tipo.

Las noches eran plácidas; dormíamos en cubierta a no ser que algún chaparrón veraniego nos obligara a refugiarnos en la bodega. Aquiles aprovechaba para repasar las notas que con el cálamo o el punzón grababa en las tablas de su camarote de capitán. Al amanecer daba permiso a los hombres para darse un chapuzón en las cálidas aguas del río; especialmente los que habían estado de guardia nocturna lo agradecían. Risas y buen humor con el desayuno aseguraban horas de buenas brazadas.

En cuanto se levantaba algo de aire, desplegábamos las velas y seguíamos río arriba. Así llegamos a la desembocadura del primer gran afluente, un río que en Hispania sobrepasaría al Duero mismo. Un río de aguas bravas y tonos rojizos. ¿Cuántas maravillas nos estarían esperando siguiendo al norte?

Dos días después estábamos atravesando un país de grandes e inmensas llanuras y abundantes bosques a la orilla del río; algunos poblados donde éramos acogidos con su singular indiferencia. Ya iba siendo hora de dar media vuelta si queríamos llegar en la fecha convenida, así que buscamos un buen lugar de arribada y procedimos como siempre.

Bermudo y sus hombres salieron de reconocimiento de este nuevo país al norte del río bravo. Eran naturales de Gallecia, no tan fornidos como los romanos o los vascos pero ligeros, audaces y muy andarines, acostumbrados desde niños a marchar por montes de todo tipo y buenos cazadores de ciervos.

Habían copiado de los nativos la idea de las jabalinas y todos portaban un par de ellas cuando salían de batida; les servían también para vadear pantanos y arroyos. El resto de los hombres se quedó en la galera o en la zona inmediata estirando las piernas, o haciendo sus propias averiguaciones. Nada hacía presagiar lo que se nos venía encima.

Ya estaba declinando el sol cuando unos soldados en tierra comenzaron a dar voces de alarma. Todos en guardia y deprisa y corriendo a recoger los útiles de batalla. Yo bajé corriendo por la pasarela con apenas una espada y un escudo, intentando descubrir a qué venían aquellas voces. ¡Al norte! ¡Al norte!

Señalaban gritando los hombres mientras corrían al bajel a buscar sus armas. Pronto descubrí el motivo del griterío y las prisas: era Bernardo que venía a la carrera por la pradera con la espada en la mano; y nadie más. Detrás, un grupo de unos doscientos naturales le perseguían armado de jabalinas y lanzándole flechas.

Cuatro voces bien dadas y Aquiles ya tenía formando a los hombres para la batalla detrás cuando Bernardo llegó a su altura.

—¡Son cientos! ¡Nos atacaron sin previo aviso! Salieron del bosque y nos masacraron. He perdido a todos mis hombres, a todos. Consiguió decir apenas entre toses de cansancio.

—Sube al bajel y te rearmas, te quiero enseguida en mi flanco derecho. Si quieren batalla batalla tendrán y conocerán el frío sabor de nuestras espadas y picas.

Los naturales, desnudos y pintados de azul, frenaron su carrera al ver nuestra cerrada formación de batalla y pararon un rato a deliberar; tiempo que aprovechamos para preparar mejor la defensa. No íbamos a salir corriendo por cuatro flechas y habíamos perdido quince hombres. Lo iban a pagar caro aunque hubiera que perseguirles hasta el fin del mundo.

Así pensaba, enardecido, ignorante de la desigualdad de fuerzas; desde que habíamos pisado las primeras piedras de aquel territorio solo habíamos conocido gente pacífica y huidiza; ahora tenía delante una nación de guerreros que nos vería como invasores y correría la sangre a raudales. ¡Qué cojones! A eso habíamos venido, no a plantar rábanos.

Antes de que anocheciera lanzaron el primer ataque, una enloquecida carrera hacia nuestras filas para chocar con nuestro muro de picas y escudos. Detrás de nosotros veían la galera y en sus ojos brillaba la codicia de alcanzarla y poseerla.

La primera embestida fue terrible, el choque feroz, muchas bajas por ambos lados, pero les rechazamos y cerramos filas para esperar la siguiente, y la siguiente, y la siguiente. Al fin la noche se cerró y apenas nos veíamos los unos a los otros; retrocedieron los hombres azules.

Con Bermudo a su lado Aquiles, fue haciendo recuento de bajas. Cuarenta hombres quedaban en pie, alguno malherido, cuarenta había perdido. ¿Y ellos? ¿los naturales de aquel país?. Docenas, nuestros hombres les amontonaban levantando una somera empalizada para rechazar el siguiente ataque. Total desprecio de la vida humana.

Era inútil, estábamos en clara desventaja numérica y no había manera alguna de fortificar la posición. Si nos atacaban de noche, estábamos perdidos, así que Aquiles preparó el regreso al bajel de manera ordenada y protegida y, cuando se retiró la pasarela, el ancla ya estaba levantada y los remos echándose al agua.

Nos separamos de la orilla a puro remo y aprovechamos la corriente para irnos hacia el centro del cauce lejos de sus mortíferas flechas.

A salvo de sus dardos, por el centro del río nos dejamos llevar por la corriente a la luz de la luna; en nuestros oídos resonaban sus gritos espantosos y en nuestros ojos persistía su imagen de guerreros desnudos, pintados, pintados de un extraño color azul. ¿Pictos?

¿Pictos? Gritaba Aquiles a sus romanos. ¿Tendrían alguna relación estas gentes con aquel pueblo terrible con el que combatieron en vano los antiguos romanos de occidente? Las descripciones que había leído en antiguos textos en la lejana Bizancio coincidían bastante, y ese obispo, ¿cómo era?

Barandán, eso, había venido desde la lejana Irlanda, ergo, había un paso por el norte que comunicaba Europa y Terra Incognita y que tanto el Imperio Germánico como el Califato Islámico ignoraban. ¡Qué gran oportunidad para el renacer y engrandecer de Bizancio! Y de Hispania, que también se llevaría buena tajada.

Nos habían dejado maltrechos en la primera batalla, pero ya volveríamos con más tropas y mejores armas. De algo estaba ya plenamente seguro: al interior había tribus y reinos organizados; habría pueblos, ciudades, y riquezas; tenemos que cambiar rápidamente de estrategia.

Necesitamos, y rápido, un pueblo aliado. ¿Qué tenemos para negociar? Nuestras naves armadas con las que podemos subir por el río y hacerles la guerra a esos bárbaros; tres bajeles, nada más, eso es poco o nada en esta inmensidad de continente. A ver qué deciden Teodoro y los demás; ahora a descansar, que pronto llegaremos a la desembocadura.

Teodoro nos recibió despreocupado y feliz como un gañán; Basilio se había ido con unos cuantos a reconocer la cercana zona de lagunas y pantanos, los pescadores estaban en la bahía blanca echando sus redes y los moros con sus oraciones, pues al mediodía arribamos. Aquiles, con Bermudo a su lado, le puso al corriente en cuatro palabras. (Nos han jodido bastante). Mudó el semblante y mandó dos mensajeros a la carrera para avisar a Basilio y los condes.

Tras la cena y en voz bien alta, Aquiles relató lo acontecido. Con caras largas y tristes le escuchaban en el gran corro; recelosos, habían perdido a muchos amigos y no sabían cómo había sido. Al terminar el relato, los más aguerridos clamaban por hacer al día siguiente una expedición de castigo, embarcar todos y no dejar vivo ni un pintado. Y traernos de esclavas a sus mujeres, repetían los moros, ¡llenaremos de esclavas las galeras! (¡Qué rápido habían aprendido los moros a hablar cristiano!). Pero se levantó entonces un fuerte viento y comenzó a llover a jarros; todos a refugio de las cabañas, ya se decidiría mañana a la luz del día.

La noche se fue tornando terrible, como si el cielo nos devolviera con lluvia y fuertes vientos el odio y deseo de venganza que ardían en nuestros corazones.

Y fue a más, y a más, y a más; hasta vernos arrollados por la más grande y peor tormenta que nunca habíamos imaginado. Los vientos fortísimos levantaban los techados y se los llevaban como si de plumas de ganso los hubiéramos realizado; se derrumbaban muros, gritaban los hombres, llovía a mares. Nadie se atrevía a moverse, excepto los moros y los pescadores que llegaron arrastrándose al fortín; gritaban sobre olas enormes en la orilla del mar que les barrían las cabañas, olas como no habían visto jamás. Se rezaba para adentro, cada uno a su modo y manera, a su dios, deidades, y santos patrones; o aquel gran mal cesaba o no quedaría nadie para contarlo.

   Ahora comprendía Teodoro por qué no habían encontrado ni pueblos ni ciudades en las costas de aquella tierra nueva y lejana, terrible. Ahora acordaba, pero tarde, ya era tarde. En cualquier momento podía salir volando por los aires o le tragaría una ola. A la mañana siguiente, sobre lo que sería el mediodía pues estaba tan oscuro que no podía asegurarse hora alguna, el viento y la lluvia parecieron darnos pequeña tregua y algunos se atrevieron a asomar la cabeza de la cabaña, lo que quedara de ella. Muros derrumbados, ni un techo en pie, ¿y los bajeles?

   —¡Ay! Jefe. ¡Jefe!

Fueron corriendo un par de vascos a buscar a Teodoro.

—¡Los bajeles han volado!

Con su fiel Orestes al lado, se atrevió a asomar por lo que quedaba de puerta amurallada y observó los restos de las tres naves como plantadas sobre las cabañas de los judíos en el brazo de tierra interior. Un nuevo recrudecimiento del vendaval y los aguaceros les hicieron retroceder a la carrera a sus cabañas; bueno, a las paredes que en pie quedaban.

Aún pasaríamos otra noche de terror inmenso rezando y royendo, protegidos por alguna pared que en pie quedaba. Cuando a la tarde del siguiente día el temporal amainó y pudimos reunirnos en lo que pomposamente habíamos llamado Puerto Teodoro hizo recuento.

—Diez hombres muertos y dos desaparecidos, de ellos dos moros y tres judíos; las naves en el promontorio de Moisés (Debió de ser ese cabrón el que levantó las aguas). Nos vamos todos en formación hasta ellas y vamos a ver cómo han quedado. Girando.

Todos caminando en larga fila, ni dios rechistaba, de a cuatro tras los pasos de Teodoro y nos llegamos hasta donde los bajeles, los restos que quedaban, y los fuimos observando. Irrecuperables; ni siquiera en los mejores astilleros de Bizancio habrían conseguido recuperarlos y volver a botarlos. Todo perdido. Solos en Terra Incognita y los muertos para Dios, que sitio tendrá donde meterlos. Y seguía lloviendo, más fino, pero mojando; más nos calaba la desesperación y el horror inmenso; todos los sueños destruidos, las esperanzas fugadas, la alegría evaporada. Solo dábamos voces calladas.

    Noche asolada entre las ruinas de Nueva Corinto, derrumbada. Abrazados unos a otros sin mirar a quién te agarrabas; todos menos el vasco, el Peio, que a su nativa no soltaba. Cada vez se entendían mejor los dos, ella Afrodita prodigiosa, y él cíclope de las merinas; bueno, le faltaba el ojo en medio, pero la cabeza le alcanzaba.

    Pasadas dos jornadas, se fueron hasta el Jefe y el vasco le contó a Teodoro lo que la mujer le había explicado al ver llegar a Aquiles con tan solo media tripulación a bordo y los gritos y maldiciones que nosotros soltábamos.

—Ella, ellos, su tribu, naturales Cryk; buena gente, pacíficos, agrícolas, cazadores de ciervos, siempre siguiendo los mandatos del Gran Padre Espíritu. (Esto tendríais que haberlo visto. Ella, Gran Sultana de los Pantanos, explicándose en su lengua y por guiños y gestos, y el Polifemo euskaro relatando al romano). Siempre en paz, no enfadar Madre Tierra y Hermano Mar. Nosotros, gente de los bosques, plantar maíces.

Hombres pintados deben de ser gente Cheroky, fieros, guerreros; vendrían para atacar gente Cryk y robar sus hermosas mujeres. Cherokys encontraron a Aquiles; guerra, guerra, vendrá mucha guerra para los hombres de gran cruz en lo alto. Cryks, amigos, Cryks ayudar, Cherokys ¡Guak! cortar cabezas de todos.

Teodoro no pudo evitar que una semisonrisa traicionara su belicoso corazón con este teatrillo de la pareja; triunfarían en Constantinopla. Si las mujeres Cryk eran todas tan hermosas como la que tenía delante no estaría demás hacernos con unas cuantas; nunca habían sido capaces de alcanzar alguna hasta que esta se presentó en Nueva Corinto con su padre y allegados (¡Y la cambiaron por un hacha! ¿Qué era? ¿Esclava? Bruja). ¿Qué mejor razón conocieron los siglos para la guerra en un territorio carente de oro y plata, hierro o estaño? Nunca habrán oído hablar de la bella Helena, pero en esas están por estas tierras: robar mujeres, su más preciado tesoro, tomo nota; Menelao y los suyos cruzaron el Ponto amargo por un puto coño y estos reyes y sus lacayos de Incognita aún están en las mismas.

Apunta, Teodoro y ponle encima una cruz muy grande. A ver cómo salimos de ésta.

Pasamos días de total estulticia y estupidez; nadie daba una a derechas: enterrando a los muertos, buscando a los desaparecidos, cuidando berzas y rábanos; hasta que a Teodoro se le pasó el duelo. Comenzó una mañana a dar voces como en los tiempos que en los bajeles bogábamos y nos fue despertando. Destripamos lo que podía haber de útil en las naves, amontonábamos lo que pudiéramos necesitar en los corros altos de cabañas derrumbadas y fuimos haciendo recuento: iros preparando para la partida, nos vamos. El día de San Jacobo, tras una oración y cánticos con una de las velas semidesplegada, para que se viera bien la cruz, partimos de las ruinas de Nueva Corinto.

Habían estado días y días discutiendo condes y capitanes qué acción tomar:

imposible regresar a Hispania, subir por el río Magno era ir al degüello y quedarse allí un suicidio; al próximo temporal no quedaríamos ni uno vivo. Acordaron buscar el cauce del gran río rojo que al poniente habían encontrado en sucesivas exploraciones de Aquiles y Basilio con los bajeles. Las arenas rojas serían debidas a un par de razones: tierra adentro habría mucha arcilla; ya podemos hacer aldeas y pueblos o habrá montañas de hierro; más y mejores armas para ir a buscar a los pintados y no dejar uno con cabeza. O ambas, que este era un territorio excesivo en todos los aspectos.

Por San Jacobo, nos vamos. Y él mismo fue abriendo la marcha.

Procurábamos ir costeando pues el mar aquel era prodigo en crustáceos de todo tipo y alguna red había quedado sana; pero todo eran pantanos y lagunas, arroyos y charcas pobladas de los dragones de Teodoro y serpientes monstruosas, cuatro hombres se perdieron en cinco jornadas aciagas, y los doscientos noventa restantes a duras penas íbamos progresando tras la mujer Cryk; Guaupa, decía llamarse, y a todos nos convino porque se merecía eso y más. Era la única que le encontraba algún sentido a aquella sucesión de pantanos y lagunas, arenas movedizas tanto al interior como en las playas.

Partimos cargando cada uno lo buenamente pudo y algunas cosas en parihuelas, como los restos de las velas. Sabíamos lo que nos esperaba, mas no que fuera a resultar tan penoso y acerbo. Se había decidido por los condes y capitanes caminar hacia el río rojo de occidente y, una vez llegados a sus orillas, ya se buscaría lugar donde establecerse. Fueron cuatro jornadas de marcha terrible y penosa, espantosa, por selvas y pantanos, rodeando lagunas y vadeando arroyos llenos de dragones. Teodoro llevaba siempre detrás de él a los tres judíos supervivientes y hasta parecía que les iba tomando cariño por lo esforzados que eran en salir de cualquier atolladero; en cambio con los morucos; bueno, con los moros ocurrió algo curioso en la segunda jornada.

Era una buena mañana y luminosa cuando estábamos atollados en un terreno arenoso y pantanoso; sería como al mediodía, y Jalil mandó parar a los suyos y allí mismo se pusieron a orar a Alá, Alí y a alguno más (¡Es que nunca os entendí con la jerigonza que usáis!) Allí tirados, enfangados por completo. Teodoro, que progresaba como podía, algo más atrás, al llegar a su altura, paró y esperó a que concluyeran con los tres hebreos a sus espaldas. Cuando se incorporaron del fango, llamó a Jalil a su lado con un gesto de la mano.

—A ver, hombre, que bien sé yo que entiendes el romano y lo hablas; respóndeme a una duda que tengo: ¿A qué viene este espectáculo en medio del barrizal? Debería dejar que os devorasen los dragones. ¿No podías esperar un rato a llegar a un terreno franco y seco?

—Es deber de todo buen musulmán orar a Dios al mediodía; esté donde esté.

—Musulmán, ya, claro. Jalil, tú y tus hermanos, ¿Porque sois todos hermanos? ¿No?

—Todos somos hermanos en la Fe del Profeta Único y Veraz.

—¿Y también lo sois de sangre? ¿Los siete? ¿Y el negrito también?

—Mansur es hermano de fe y le consideramos uno más de la familia; hace ya doce años que pasó de África a nuestra llorada Gades y con nosotros se quedó. Es uno más de nosotros.

—Bueno, es que estoy cansado, y del africano te creeré lo que me cuentes; pero vosotros: ¿desde cuándo sois mahometanos?

—¡Desde siempre! Está escrito: siempre hemos sido y seremos hermanos musulmanes. Siempre y para siempre.

—Desde siempre, ya. Disculpa otra pregunta: tú y tus hermanos de sangre, dejo fuera al negrito, sois tan rubios y de ojos claros como los astures y pelágios que están pasando por delante. ¿Acaso el profeta tuyo y todos los árabes son tan claritos como vosotros que tenéis que cubriros de la cabeza a los pies de puro lechosos que sois? Pregunto.

—Nuestro padre, que en el verdadero paraíso estará disfrutando, siempre nos dijo que éramos de pura raza española, vestigios de la antigua raza española, pura hasta los hijos de Tubal. Rubio era mi padre y también sus tres esposas, nuestras madres. ¡Que todas disfruten de la visión del auténtico Profeta!

—O sea, para que yo me aclare un poco en esta ciénaga, que me llega el barro hasta las corvas: que sois hispanos como los demás. Pues, escucharme bien, que sea la última vez que os tengo que llamar la atención por una cosa de éstas. Dejaré de llamaros moros desde ahora mismo, ya veis que soy magnánimo, y si algún día llegamos a un terreno habitable por mí, como si levantáis una mezquita como la de Córdoba, no hay problema; pero hasta entonces se acabaron las tonterías. Primero hay que salvar la vida; y no voy a perder un hombre más porque esté orando o cagando, me da igual. De aquí en adelante primero me pediréis permiso, y lo digo también por vosotros tres, plateros. Esto no es ni La Meca ni Jerusalem; es un puto infierno y estáis todos a mis órdenes. ¿Entendido? Al primero que desobedezca le corto en pedazos y los echo a los dragones. ¡Venga! Caminando, que quiero salir cuanto antes de este puto fango.

Segunda parte

La jequesa de los pantanos, señora nuestra y de los genios, protectora

Caminábamos durante horas y horas bajo un sol inclemente mas poco progresábamos y las noches se nos hacían eternas de puro espanto. Agrupados, amontonados, en simple duermevela, siempre al tanto de una serpiente, una araña, un mal bicho del tamaño que fuera; aquello era el reino de la ponzoña y la muerte espantosa, venenosa. Así que a lo más se daban cabezadas hasta que clareaba el día y de nuevo a caminar hacia el poniente. ¿Cuántas vueltas y revueltas no daríamos en aquellas lagunas y pantanos? Hasta que al fin Guaupa se puso en cabeza de la larga fila y nos dijo que la siguiéramos o nunca saldríamos de aquella selva infecta.

Tendríais que haber visto las caras que pusieron Aquiles y Basilio, los dos grandes exploradores de Incognita. Nuestra jequesa, a la media hora, nadie le disentía ni disputaba el título, más que hablar, gesticulaba; y todo lo sazonaba con palabras o frases en su lengua Cryk o en vasco y en romano.

¡Pero qué bien se le entendía!

—Esta planta, buena, comer. Este fruto, bueno, comer.

Cómo iba la primera, toda la fila la íbamos imitando, y cuando llegamos a terreno despejado y a la orilla del río rojo, ya todos hablábamos y gesticulábamos como ella.

Teodoro y sus judíos eran alumnos muy aplicados, pero más que ninguno el Peio, el cabezón vasco que tenía de marido.

¿Se casaron?

¡Yo qué sé, Jacobo! Haces unas preguntas. Hicieron algo, una ceremonia, los dos a la par levantando las manos al sol y después tomaron tierra del suelo y se la pasaron de mano en mano el uno al otro; para ellos valdría con eso.

Total, no eran cristianos; así que recibirían las bendiciones de los genios de los ríos y los bosques. ¿Yo qué sé? ¡Qué pareja hacían los dos! Cómo los echamos de menos.

Apenas comenzamos a subir orilla arriba del río rojo, ya vislumbramos los primeros poblados y sus grandes huertos; estábamos agotados, física y moralmente deshechos; y así nos pasó lo que nos pasó. Pero mejor que os lo cuente Jacobo, que es más campechano y buen cristiano.

Eso es, Fío, déjame a mí y tú sigue cavando.

Salió todo el poblado a recibirnos; los adultos eran tan numerosos como nosotros, y luego docenas y docenas de críos de todos los tamaños. Guaupa, nuestra jequesa, hizo las presentaciones. ¡Sí! Éramos las gentes de los barcos. ¡No! Barcos volaron; somos ahora un pueblo más, hermanos de la tierra y el sol; buscamos sitio donde poder procrear y quedarnos. Nosotros, amigos de los pueblos del gran río rojo.

Guaupa se había criado y crecido con las tribus del gran rio Magno y sus pantanos y estos otros pueblos eran algo así como primos o parientes lejanos. Llegaron a un rápido entendimiento y los jefes del poblado, los aldeanos todos, nos llevaron a una despejada pradera a tiro de arco de su poblado para que montásemos nuestro campamento. ¿Nuestras necesidades primarias? Llenar la barriga. (Hacer círculos con la mano derecha sobre el vientre. ¡Teníamos un hambre que ni veíamos por dónde pisábamos!). Teodoro regaló a los jefes cuatro cacharros de madera y alguna prenda de tela y pusieron los ojos como platos, pero tras lo que se les iba la mirada eran nuestros fierros. Nos mostraban con orgullo sus jabalinas con punta de hueso, muy ufanos.

—Eso, bueno para pescar en el río.

Les gritaron los valdeones, desafiando, los doce que por entonces aún quedaban; y con sus largos chuzos de más de diez codos de largo se pusieron, ni cortos ni perezosos, a hacerles un ataque simulado.

Con Teodoro habían estado horas y horas desde que a Incognita llegamos ensayando tácticas de ataque y defensa que el jefe llamaba de los espartanos (¿Esos qué eran? ¿También vascos? Pregunto. ¿No?, bueno, vale, continúo de relación) los aldeanos aullaban como lobos en noche de luna llena a la vez que intentaban romper la formación. Sí tendrían güevos los tíos que, con todo lo que habíamos andado, y se tiraron una hora larga de juegos con los del pueblo.

—Las puntas para adentro, no vayamos a herir mortalmente a alguno, que venimos de nuevos. Pero varear, les vareamos.

Repartieron palos a diestro y siniestro hasta quedar todos bien contentos. Ya bien vareados y aireados como lana de oveja, los aldeanos se retiraron a su poblado. Nosotros estábamos deshechos, pero antes de que llegara la noche, Teodoro ordenó ir a buscar leña y preparar grandes fuegos.

—¿Qué vamos a cenar, jefe? ¿Humo?

Le decía yo. Una gran sorpresa nos aguardaba.

Con las últimas luces del sol poniente vimos a los aldeanos que venían hacia nosotros como de romería, con Guaupa al frente. Era una auténtica jequesa. La jequesa de los nautas le decía Basilio. Los hombres que habían atravesado el mar inmenso para venir a conocer y amar a los nativos de Incognita les estaban esperando. Guaupos estábamos por llamarles a todos al poco. La habían vestido y pintado como a una reina, nuestra señora de los pantanos, el cabello lleno de plumas de pavo y cinturones de serpiente y no sé cuántas cosas más; increíblemente bella.

(¿Te acuerdas qué tetas tenía la moza? Calla, gocho, y sigue contando. Vale, pues tú sigue picando). Estábamos todos sentados rodeando los fuegos y los aldeanos fueron llegando hasta nosotros portando grandes cestos con pescados del río, dulces frutos y gran cantidad de cereales.

– ¡Maíces! ¡Pedir maíces!

Nos gritaba Peio con aquel vozarrón que se escucharía hasta en el infierno. Y todos: ¡maíces! ¡maíces! Hacían más ruido los crujidos de nuestros vientres que los troncos que estaban ardiendo.

Los aldeanos se habían engalanado con sus mejores pieles y plumas y las mujeres (bueno, perdona, pero es que las mujeres eran bellísimas. ¿Te acuerdas, no? Y también eran guapos los paisanos; tú sigue que estoy picando y me da la risa) nos cebaron a base de bien; aquello parecía el milagro de los panes y los peces.

Venga cestas y cestas con alimentos; cuando estábamos todos que brincábamos de alegría y contento, Teodoro nos llamó a curia y todos hicimos corro alrededor de su gran fuego; con un gesto nos hizo sentarnos de nuevo. Tenía a su lado a los jefes de esta aldea y cuatro más que habían venido a la carrera al enterarse de nuestra llegada, todos ellos bien emplumados y jacarandosos. Alzando apenas la voz, nos dijo que íbamos a proceder a una ceremonia de hermanamiento con las tribus del río.

Todos hermanos (gesto amplio con la mano portando una pluma de águila) y con un gesto de su jefe los aldeanos comenzaron a hacernos como limpieza, a frotarnos la cabeza y todo el cuerpo, como si nos quitaran algo, ¡que nos hemos lavado en el río! Y también a ponernos ensalmos de hierbas en las heridas, especialmente en los pies, que quien más y quien menos los tenía magullados o en las picaduras de los mosquitos y cuando terminaron vinieron a pasar junto a nosotros con unos cestos que contenían unos extraños hongos; para que los comiéramos. Entraron entonces en acción nuestra jequesa:

¡Guaupa! le gritábamos: ella y Peio; bordeando el gran fuego, fueron relatando a los presentes nuestras venturas y desventuras con frases cortas y muchos gestos. Estábamos codo con codo con los naturales del país y los chavales triscaban de aquí para allá, corriendo por entre los fuegos y nosotros mismos; y nos comimos los hongos como si fueran golosinas.

En esto que Peio, que ya había olisqueado y catado los hongos antes que nosotros, se dispuso a hermanarnos por completo. Por gestos, porque no había ni hay quien entienda el euskera, nos explicó que su esposa era la Gran Bruja Roja, de los pantanos y ríos, señora y dueña.

Alguien de la aldea, un jefe, supongo, le había regalado un tambor y ella se puso a danzar y gesticular llamando a genios y espíritus de los ancestros, los ríos, las estrellas. ¡Vaya ancas! ¡Vaya muslos tenía! (Calla, verraco, y sigue contando o te pongo a escarbar).

—Arriba (círculos con ambas manos) Gran Manitu.

Nos contaba el Peio.

—Aquí, hermanitu, (círculos sobre su torso) todos, todos, (círculos sobre los reunidos) hermanitus.

Y empezamos a darnos abrazos y besos los unos a los otros.

—Guaupa, gran bruja roja, traer para todos bendiciones de los ancestros, nuestros y vuestros. Buena unión, gran pueblo.

La jequesa bailaba alrededor del fuego y tocaba el tambor de piel con una cadencia lenta; todos la íbamos siguiendo con la cabeza y muchos españoles dando palmadas, especialmente los gaditanos, –ya no eran morucos de mierda–, y cantaban a grandes voces.

Fue un embrujo inmenso.

(¿Cómo lo hizo? Fueron los hongos; no te enredes y sigue, Jacobo).

Peio estaba inmenso y con las manos nos guiaba los movimientos de cabezas y cuerpos siguiendo el ritmo del tambor. Todavía estábamos sentados en el suelo y aplaudiendo, y entonces el Peio se acercó a un cesto y renovó su ración de hongos maléficos.

– ¡Comer! ¡Comer todos!

Y todos comiendo como bobos, como si fueran zarzamoras o brunos aquellos hongos de los pantanos.

–Gran Manitu decir, con los dos carrillos llenos y hablaba, que nosotros (¡Círculos! ¡Círculos para todos!) ahora gran pueblo. Unidos iremos y no dejaremos un cherosky vivo; todos muertos, todos matados, mataremos a los pintados. Después, nuestro pueblo será tan numeroso como las estrellas del firmamento (Círculos con las manos al cielo; y a todos se nos marchó el santo con ellos, ¡Uff!).

Me parece que fueron Eutiquimio y Plinio, que habían intimado bastante en los pantanos, los que empezaron el festejo, bailando a lo griego. Al poco estábamos todos haciendo corros, uno delante de otro, con la mano derecha bajo los güevos y la izquierda al tiento del que tuviera delante.

¡Cómo aullaríamos los españoles que se asustaron hasta los aldeanos más viejos! Y salieron a la carrera con los pequeños de vuelta al pueblo. Jesús, ¡qué despropósito! nos estábamos calentando a base de bien.

Más hongos, que no se acababa lo que había en los cestos. ¡Al corro! ¡Al corro! les gritábamos a los aldeanos; y se fueron animando. Ellos, que eran tan parcos en todo y apenas cataban los hongos del demonio, al ver que sus mujeres e hijas, a una orden de Guaupa, se llenaban los carrillos y tragaban como locas, se nos unieron al convite. ¡Vaya festejo! Siete años o más habrán pasado ya y de seguro que aún se acuerdan.

Escenas del Apocalipsis de Beato son mis recuerdos de lo sucedido después. Saltábamos como sapos los unos sobre los otros, hacíamos el burro todos, algunos caminaban sobre las brasas de las hogueras y sin quemarse; los más fornicaban o se empalaban los unos a los otros. Aquello no fue cosa que moro, judío o cristiano hubiera podido concebir. ¡Vaya ayuntamientos! Parecía que tuviésemos el vigor de los caballos o los toros y, apenas culminar uno, ya te ibas a buscar otro bulto para el siguiente ayuntamiento.

No hubo ser de carne y hueso en aquella pradera que se librara de ser perforado, y varias veces (No me mires y sigue picando, Pelayo, que me estoy acordando ahora de lo que me hiciste y estoy por abrirte el cráneo, cabronazo).

No, aquello no fue cosa de buen cristiano, ¡Dios bien lo sabe!, y nos perdone algún día. No sé, recuerdo como si por entre nosotros pasaran de vez en cuando unas filas de monjes de blancos hábitos y gran capucha y nos demandaran templanza, que parásemos aquella fornicación inmensa; no sé, pareciera que en vez de uno fuéramos unos cuantos los que empujaran; y empujamos, empujamos y perforamos.

Que Dios nos perdone aquella noche aciaga de nuestro bautismo como nativos de Incognita. Aquello fue por la crueldad del siglo y milenio, sí, que así actuamos nosotros. Nosotros no somos así, somos seres humanos.

(Me estuvieron doliendo el culo y los güevos una semana por lo menos. Aquello no tiene perdón de Dios; no, no lo tiene).

Anda, déjalo ya, el relato, ¡eres más bestia, Jacobo!, ya te he dicho mil veces que nunca debiste dejar las brañas y tus cerdos. Sigue tú picando y yo les iré contando a los descendientes cómo fueron las jornadas siguientes. O mejor sigue tú, Saúl, que tienes buena memoria y grandes recuerdos de entonces.

Salomé, mi reina de las praderas

Como bien dice Jacobo, tras unos días de franco hermanamiento con las tribus del río. ¡Oye, es que fue con todas! Se debió correr la voz y, poblado que llegábamos, a repetir la ceremonia al caer la noche; aunque es verdad que la primera fue algo fuera de toda razón ; más parecíamos alguna suerte de bestias empaladoras. También es que llevábamos un año que era más fácil ver una cierva que una mujer; hasta que llegó Guaupa. Cuántos retoños del rey David no dejaríamos mis dos hermanos y yo en aquella ribera roja.

Fuimos progresando río arriba; en nuestras cabezas aún resonaban los vientos espantosos y en nuestros corazones el pavor de las olas semejantes a las que levantó Moisés para tragarse a los soldados del Faraón, malvados. Pero, nosotros, ¿qué mal habíamos hecho en Incognita? ¿Matar algunos ciervos para alimentarnos? ¿Plantar rábanos y berzas? En al menos un año no había habido ayuntamiento alguno, ni con mujeres ni con bestias. (No sé yo si los griegos…, pero eran tan susceptibles que nunca pregunté).

Todos procurábamos continuar de algún modo las sagradas tradiciones; no había corderos con los cuales pudieran los musulmanes hacer la Fiesta del Sacrificio ni teníamos nosotros hojas de palmera para nuestra Fiesta de los Tabernáculos, así que pedimos permiso a Teodoro para adelantarnos al menos una legua y caminar los tres judíos solos. Nos tintamos como penitencia con sangre de ciervo y nos cubrimos con las cenizas de la hoguera.

Caminábamos de avanzada, muchos pasos por delante de vosotros y todos los demás. ¡Nos respetaba! El romano nos respetaba, ¡gochos!, que al dulce Yeshuá hacéis gran falta. (Vale, somos gorrinos, y escarbamos sin falta; tú sigue contando). Y entonces, al llegar al alto de un montecillo, los vimos: la primera gran tribu de las praderas.

Caminaban como nosotros, en larga hilera, y sus exploradores dieron la alarma nada más vernos. Llegaron corriendo como zorros y, tras dar tres vueltas alrededor nuestro y vernos tintados de sangre y cubiertos de ceniza, y sin armas creyeron que éramos chamanes.

Aullaron a los suyos, que dieron la vuelta, y se nos vino toda la tribu encima. Estábamos los tres sentados en el suelo; tan solo mi hermano David llevaba consigo un pequeño puñal de hierro en los costados escondido. A esperar; estábamos en un altozano y la fila de los hispanos no se divisaba.

—Gran jefe de los perros de la pradera, gran pueblo Guichita, os saluda, chamanes. ¿Beneficios? ¿Bendiciones? ¿Intercambio?

Nada teníamos encima; ni nuestros hatillos de herramientas, íbamos con el culo al aire; tan solo unas cuantas ramas de algún árbol para que nos diera sombra, y entonces mi hermano Daniel, el pequeño, se levantó y comenzó a hablarles. Y de esta guisa les relató:

—Todos hermanos, Dios Yahvé, Gran Manitu del cielo y padre de todos, todos nosotros, todos hermanitus. (Era un portento en el lenguaje de los gestos. Cuánto le habré llorado desde que nos falta). Cantamos, cantamos a la paz, a la paz y el amor.

Y a un gesto suyo los tres comenzamos a cantar y danzar una salmodia como nos habían enseñado los abuelos en la bella Lisboa. Parecía por segundos que estábamos entrando en la propia Jerusalem, camino del Templo. Los perros del desierto, ¡eran leones de las montañas de puro fieros!, quedaron encantados con nuestra danza y cántico del Simjat.

—Chamanes buenos, chamanes hermanitus, todos hijos del Gran Manitu. Pedimos bendición; gran hambre mata nuestro pueblo; terrible encantamiento se ha llevado lejos, muy lejos, el espíritu del gran Bisonte. Lejos, muy lejos, han viajado los espíritus de nuestros cazadores y no encontrar nuestro alimento. Bisonte se escondió o murió.

Entonces mi hermano David, que tenía una sombra que debía llegar hasta las murallas de Jericó, les pilló la jugada al vuelo. Imitando a Guaupa, que no acababa de llegar con todos vosotros, les hizo la invocación.

– ¡Y por Abraham, Moisés y Salomón! Hacía gestos con las manos, invocaba a nuestro Dios de los hebreos, a todos los genios de que habíamos oído hablar (nosotros, que no éramos más que unos ignorantes plateros) y a sus ancestros. Pronto llegaría una tribu con la que los perros guichitas formarían un gran pueblo. Buscar juntos al gran Bisonte y nunca, nunca, faltar alimento. Y con una rama en cada mano les fue bendiciendo.

Seremos tan numerosos como las estrellas del firmamento, como las arenas del gran Río Rojo, como los perrillos del desierto; el mundo entero estará algún día bajo nuestros talones y pidiéndonos de comer. Podremos pisar las cabezas de nuestros enemigos y echar sus corazones al fuego.

Estábamos todos embelesados con David y su relato.

Entonces la vi, y ella me miró, y sentí como un dardo de fuego en el costado izquierdo. Y supe que la amaba, que la amaba ya antes que Adán hubiera comido los frutos del Jardín (Sí, ¡que sí, Saúl! que vale, que era muy bella; no nos calientes otra vez)

Sigo contando.

Mi rostro ardía como el de Moisés al bajar del Sinaí (que me perdone si no estoy en lo cierto). Nuestro gran rey Salomón mejor supo contarlo y cantarlo al ver llegar a la reina de Saba; pero yo no tenía palabras. Mi pecho ardía, mi cabeza fulguraba, mis dedos se hacían huéspedes y, como las patas de una araña, se articulaban para realizar mil joyas fabulosas con que adornarla. ¡La amaba! ¡Una simple mirada! ¡Mi Señor Yahvé! La amaba. Comería hormigas y me arrastraría por las praderas para seguirla, si ella lo deseaba. Y ella también sintió algo similar a la primera mirada, que jornadas más tarde, en el lecho de nuestro tabernáculo, me lo relató.

Toda la tribu de los perros y sabios, de las praderas teníamos delante; nosotros tres prácticamente hocicando en el suelo, ¡y el hechizo de David surtió efecto! Al altozano fueron llegando, por el viento y los genios favorables, los toques de tambor de Guaupa y los sones de la gaita de Aquilano.

Todos quietos, rodeándonos, nosotros esperando el degüello; era también la Fiesta del Sacrificio de los musulmanes, que coincidió aquel año con la nuestra del Tabernáculo; los tres preparados para el golpe mortal y hasta nosotros llegaban los sones de la gaita céltica y los toques de tambor de Guaupa.

Los tres allí, humillados; ofreciendo el cuello para el degüello. Orando a José, Isaías, Jeremías, Elías y todos los demás profetas. Y escuchábamos la gaita de Aquilano y el tambor de bruja de Guaupa, que tantos disfrutes vanos nos había procurado, cada vez más cercano. Nos miramos, con la cabeza gacha, los tres: o muertos ya mismo o levantamos un templo en estas praderas que a Herodes y sus descendientes haga reventar de pura envidia.

Yo levanté la cabeza, la mirada, el cuerpo entero; el santo, como dice Jacobo, se me iba tras ella. Salomé, Salomé, sentí que iba a llamarla; le pondría mi alma entera en bandeja a su padre, el jefe de los guichitas. Y me levanté. Escuchaba la gaita claramente a lo lejos y observaba a mi amada; mis hermanos postrados a los pies de su padre, el gran jefe de los perros de la pradera. ¡No es que me ardiera el cuerpo por la soleadura! Es que me ardía el alma. La amaba. Tenía que conseguirla como fuera.

Dios bendito, perdona nuestras miserables existencias, ten indulgencia con lo que soltamos con la voz callada. (Le hubiera dado una patada en ese momento al Aquilano que habría llegado volando hasta nosotros). Fue verla y ni por Adán, Salomón, el rey David, me cambiara. Y sonaba la gaita. Y abriendo los brazos y extendiendo las palmas al cielo, comencé a gritar como un poseso:

– ¡Ya llegan! ¡Ya llega la nueva tribu de Incognita!

Cantaba y giraba y bramaba en todas las lenguas de las que tenía noticia.

Poco a poco, ¡teníais una pachorra aquel día! Fuisteis llegando en larga hilera hasta el pie del altozano; según iban viendo aparecer nuestros hierros y pendones, las melenas rubias o morenas bajo los rojos bonetes de lana y los sombreros griegos de fieltro, las barbas y las ropas de tela, la mirada franca y chula de los hispanos subiendo la cuesta.

(¡De perdidos al río, cojones!).

Una nueva tribu de la que nunca habían tenido noticia, hombres con barba, pues casi ninguno se afeitaba como nosotros, gente extraña. (¿Qué llevaríamos entonces con nosotros? ¿Ocho, diez mujeres? Cuatro viudas y cinco chavalas; Teodoro enseguida nos había leído el Nuevo Testamento de Terra Incognita: si algo nos libraría del degüello serían los jureles. ¡Perdona, corazón! Los descendientes).

Se llegó hasta el jefe guichita y le abrazó como si le conociera de toda la vida.

Y fue aquel día y sucesivos fiesta tan grande como no se había visto desde que Salomón conoció a la reina de Saba. Tres días y sus noches rondándola, haciendo de gran chamán con la chavalería, lo justo para quitarme la roña lavándome cuarenta veces en el río, con todas mis pertenencias; pues buena era Salomé para la limpieza. Jamás conocí mujer más limpia, nunca fui capaz de pronunciar su nombre de soltera y la desposé por Yahvé, Manitu y cuantos hubiera o hubiese presentes, fueran o no hermanitus. Teodoro hizo, (¿cómo le decís vosotros? ¡Ah, sí!) de padrino mío y le regaló al gran jefe uno de sus chuzos. Y la amé, la amé con cada fibra de mi ser, y si hay un lugar, al otro lado del río, donde puedan reposar los bendecidos del don del Amor, como decía mi hermano David, que nunca lo conoció, allí me estará esperando, incólume y perfecta, tal y como la conocí, conocí a la mujer, regalo de Dios. Que nunca nació mujer en el pueblo hebreo más perfecta y llena de dones y que su vida y su sangre y su alma, como dicen estos cristianos de boquilla, ignorantes de la Auténtica Ley, que tanto amase y buscase incansable mi bien. ¡Yahvé! Llévame pronto a su lado.

—Como no te pongas ahora mismo a picar, te aseguro que te mando yo de una puñada a la vida eterna. Déjalo, anda, que lo tuyo no es relatar. Yo seguiré.

—Ahmed, bien sabes cómo te aprecio y no era mi deseo molestaros a ninguno.

—Sí, sí. Ya lo sabemos todos; pero te pones de un melancólico que no hay quien te aguante. (Joder con el perro este; si ya lleva cuatro mujeres a cuestas desde aquella que se le murió a las pocas jornadas. A todas les irá con el cuento de Salomón y la negra de Saba).

Repetimos tres noches seguidas lo del hermanamiento con los guichitas, pero sin los honguitos; que en aquella tierra ya no se daban. Pero de algún sitio sacó la puta bruja de Guaupa unos hongos diferentes, de la orilla del río; el Profeta sabrá, y nos montó una ceremonia de las suyas. Todos en los fuegos y ella tocando el tambor, de algún modo les imponía un respeto tremendo a los guichitas; era un temor reverencial el que les infundía con una simple mirada, y luego tenía aquel cuerpo de sultana que apenas se cubría. Porque siempre llevaba a dos pasos al camello del Peio, que nos sacaba a todos la cabeza, y sus dos grandes hachas, que si no, alguna vez… Bueno, pero continuamos con el relato.

Nos dio a entender que se iba a comunicar con los espíritus, y sentada en el suelo se puso a ingerir los hongos aquellos. Seguía tocando el tambor, cada vez de forma más queda y pausada, hasta que cayó tendida, todo lo larga que era. Y empezó a temblar, a agitarse, a parlotear en su extraña lengua materna. Así estaría, no sé, una hora, hasta que se le fue pasando el efecto del veneno. Y entonces Peio la fue incorporando y que poco a poco nos fuera contando lo que había visto o soñado o lo que fuera que sus genios le hubieran contado. ¿Cuántos estaríamos allí? Cuarenta o cincuenta al calor de la hoguera.

—Espíritu del Gran Bisonte hablarme. Gran Bisonte vivo, pero escondido en el gran norte, pasando frío, mucho frío, mucho frío. No puede bajar a sus grandes praderas, pues los hombres, hombres pintados, queman las praderas al verle, queman la hierba y lanzan flechas envenenadas para matarlo y que se lo coman los buitres. Hombres pintados quieren acabar con Gran Bisonte y los hombres de las praderas, sus amigos. Ellos declararle la guerra al Gran Bisonte y todo el género humano. Numerosos como las hormigas e igual de infames, arrasan toda la tierra.

Ellos vienen para hacerse dueños de todas las praderas que hay entre los grandes ríos. Sí, ellos vienen aquí. Los pintados. Cherokys.

Y nos retiramos cabizbajos a nuestro descanso (¿Tú la recuerdas, Saúl? Estaba como transfigurada, como si brillara. No, estaba en mi tabernáculo, con Salomé. ¡Ah! Ya, que estabas de bodas). Malos presagios suelta esta sibila, se decían el uno al otro, Aquiles y Basilio, que los tenía al lado. Y no se equivocaron. Al día siguiente íbamos caminando a la orilla del río cuando comenzamos a ver gentes, niños sobre todo, que se acercaban y nos gritaban, gritaban y gesticulaban. Los jefes mandaron parar y se acercaron para ver qué decían.

Ya era otoño, pero bajaba todavía bastante agua por aquella zona del río Rojo. Atacados, habían sido atacados; era un pueblo hermano de los guichitas, también de las praderas; sus hombres estaban aún de batalla. Teodoro, que ya se veía venir la guerra encima, ordenó construir rápidamente unas almadías. En un par de horas ya teníamos cuatro elaboradas, cortando troncos y atándoles con los cabos de los bajeles que con nosotros traíamos. Y con los cabos más largos atados a gruesos troncos, fueron poco a poco pasando a la otra orilla hasta dejar echados dos cabos de lado a lado.

Fuimos pasando al otro lado a las mujeres y niños. Al llegar la noche estábamos todos en la orilla norte, con todas nuestras armas, y los niños y mujeres a salvo. Encendimos los fuegos e hicimos corros como era costumbre; los guichitas tenían la misma y fue fácil el entendimiento. Guiados por nuestras lumbres, fueron llegando los supervivientes de aquella batalla de las praderas y nos daban las noticias. Todas malas, eran muchos, eran miles; los Cherokys habían bajado de los Grandes Lagos y venían en son de guerra.

Muchos, muchos Cherokys.

Aquiles estaba que bramaba como un toro loco atado a una cuerda; pero Teodoro le atemperaba. Vamos a esperar que llegue el día y ya discurriremos algo; dormir un poco. Al clarear, los jefes y condes subieron a una colina para divisar bien el territorio y saber a qué se enfrentaban.

Era una colina cercana al río y desde allí se veía un valle grande y despejado que se extendía por praderas sin fin hacia el norte; y los vieron. Vieron a los Cherokys como una mancha negra que hacia nosotros avanzara.

Malas caras enseguida entre nuestros aliados, alguno estaba por salir corriendo hacia las almadías y cruzar de seguido al otro lado. Sí, eran muchos, que digo eran muchísimos, debían ser millares. Teodoro le habló al jefe guichita: ¿No tenéis amigos?

Avísales y que vengan corriendo. Estamos en guerra y mañana será la batalla.

Un gesto del jefe y una docena de los suyos salieron a la carrera siguiendo las dos orillas del río y al poco, comenzamos a ver cómo comenzaban a hacer algún tipo de señales usando las brasas de los fuegos para producir humo. Tapando y levantando alternativamente una manta húmeda, hacían que el humo saliera de poco en poco; nosotros les miramos extrañados, pero el sistema resultó bastante efectivo.

Aquella tarde y durante toda la noche fueron llegando más y más guerreros de los pueblos por los que habíamos pasado, y a la mañana siguiente, cuando ya subíamos a la colina, vimos llegar un grupo de unos doscientos guerreros de un pueblo amigo de los guichitas. Todos para arriba.

Sí, eran muchos. En dos miradas y ya tenía el corazón encogido. ¿Cómo íbamos a parar aquella marea humana? Sí, serían casi diez veces más que nosotros. Con otro jefe de seguro que aquella mañana todos hubiéramos perecido, pero teníamos a Teodoro el Grande. Como alguno de sus romanos a veces nos recordaba, el jefe había nacido soldado, hijo de un importante general de Bizancio; desde antes que le saliera sombra de bigote bajo la nariz, ya estaba guerreando.

Llegó a tener una legión a su mando y había estado en muchas batallas y sitios, por tierra, por mar, a caballo, en los bajeles; llevaba veinte años cortando cabezas. Si Alejandro el Magno hubiera tenido un descendiente, ese hubiera sido Teodoro; pero por disputas políticas había tenido que salir a escape de Bizancio con unos cuantos de los suyos. El emperador había puesto precio a su cabeza. O a sus güevos, el caso era quitarlo de en medio.

Con los suyos arribaron a España y pusieron su espada y protección a sueldo de los jeques que les contrataran. Como estaban en tierra sarracena, les daba igual a quién matar o proteger; el caso es que les pagaran. A resultas de una batalla contra los vascos se enteraron que había cristianos al norte del río Ebro y hacia allá se fueron. En Vitoria conoció al joven rey Alfonso, que allí se había refugiado, pues le había depuesto un rival al trono; y no sé, fue como que se enamoraron o algo así.

El caso es que se hicieron inseparables y cuando los nobles vinieron a buscar a Alfonso para proclamarle de nuevo rey, tras él se llevó a Teodoro a Las Asturias. Y ahora estábamos allí, esperando sus órdenes, en lo alto de una colina de algún lugar de esta Terra Incognita y Lontana como siempre la llamaba.

Otro hubiera salido corriendo, otro que no hubiera sido Teodoro. Flanqueado por sus dos capitanes, fue exponiendo su idea a los condes y los jefes de tribu con dibujos en el suelo y señas con los brazos.

—¡Pero que serán miles, Teodoro! ¿No notas el ruido que hacen?

—Tú deja a esos toros que bramen, antes se cansaran. Atentos todos, quiero que tengáis bien clara la celada. Les haremos una pinza fatal.

—¡Pero esa es la táctica de la tenaza! ¡Eso es tan viejo como el mundo!

—Cierto, Bernardo, ¿pero tú crees que esos pintados han oído hablar de Aníbal?

—¿Y de dónde sacamos los putos elefantes? Guaupo. ¿Con magia?

—Y de la buena. Tengo tres encargados; ahí vienen.

Entonces vimos subir a unos montañeses que venían cargando tres largos troncos con las velas envolviéndolos; al llegar a nuestro lado los izaron y desplegaron las velas con las cruces patadas. Una vez en lo alto de la colina y con la brisa batiendo las velas, se verían a leguas.

—¿Los elefantes?

Le dijo Basilio.

—Exacto, nuestros pendones cristianos; verás cómo vienen enseguida a por ellos. Y ahora vamos a preparar la picadora de carne. Delante de mí estarán los doce valdeones, protegiendo los pendones.

— ¡Pero que son millares, Teodoro!

Gritaba el conde Bermudo (Tenía el joven algo de canguelo, comprensible). Yo enseguida le vi la jugada al romano; desde la batalla de las Termópilas para acá, sea la batalla en tierra o el mar, si estás en inferioridad, tienes que encajonar de algún modo al enemigo. La suerte del territorio y su ojo experto de águila de las batallas habían dado con el lugar apropiado para plantar cara.

La colina dominaba leguas de territorio llano con su pequeña elevación; a un lado y otro del valle bosques impenetrables de ribera, y el caudaloso río rojo que pasaba por detrás de nosotros; teníamos la ruta de escapatoria detrás, a cuatro pasos con las almadías.

Los jóvenes, los viejos y las mujeres, pasaban constantemente de orilla a orilla trayendo pellejos de agua, carne de animales o peces del río recién asados, tortitas de maíz, de todo. Los pueblos del río estaban alerta e iban llegando a la carrera sus mejores guerreros, en pequeños grupos, de a docena, y cruzaban el río.

Las cruces cristianas se veían a la legua en las dos orillas del Rio Rojo; el que quisiera guerra no tenía pérdida. ¡Vaya festín para los buitres estábamos preparando!

—En el centro los valdeones, con sus picas largas; a la derecha, los romanos; a la izquierda, los soldados de Alfonso. Tres condes a una mano, tres condes a la otra, con los piqueros. Los arqueros en media luna, tras las picas, y cuando os quedéis sin flechas, dejáis los arcos, adelantáis y os unís a los piqueros con las espadas.

Aquiles a la derecha, me harás de enlace con los guichitas; Basilio a la izquierda con los... ¿Cómo os llamáis? Siux, bueno, pues con los Siux. Atentos a las señales.

Tenía un banderín de señales en las manos y les había dado otros dos a sus capitanes; guerra de galeras en las praderas

—Haremos abrazo de oso.

Les explicaba a los naturales de las praderas.

—Que vengan hacia mí, a mí; y se golpeaba el peto de acero. A mí, hasta meterlos, meterlos, y cerrando los dos brazos, ahogarlos.

—Más vale que triunfe tu baladronada o esta noche no quedaremos uno vivo.

Le dijo Basilio, por lo bajini.

—No os preocupéis. Atentos a mis señales, con el banderín; yo iré indicando: ¡a la derecha! ¡o a la izquierda! Y toda la fila se mueve, como mis brazos. Vosotros, los jefes, sois mis brazos, y vosotros, condes, mi pecho de acero. Vamos, corriendo a formar, que ya se están moviendo.

La idea no podía ser más simple; nosotros estábamos en el lugar más alto y estrecho, tan solo la colina pelada daba paso al río. A un lado guichitas; al otro, los siux, para cerrar hasta los bosques; en el centro, los europeos.

Bien sabíamos por Aquiles cómo atacaban los Cherokys. ¡En estampida! Corriendo como locos a romper nuestras filas y matarnos por delante y por detrás. Pero esta vez no íbamos a esperarlos parados; esta vez teníamos a Teodoro.

Ni un millón de perros cristianos de la lejana España serían capaces de aullar como aullaban aquellos Cherokys. Oramos al Señor Altísimo, cada uno a su saber, y esperamos la señal de nuestro general. Los observaba.

Los veíamos bien todos nosotros; venían al trote aullando como lobos para amedrentarnos. Cuando los teníamos casi a tiro de arco, Teodoro ordenó a Guaupa, que estaba a su lado, que hiciera sonar su tambor y otros tambores nativos la siguieron. ¡Arriba los pendones! ¡Que suene la gaita! ¡Adelante! ¡Adelante!.

En vez de esperarlos, comenzamos a bajar la colina, a pasos cortos pero constantes, citándoles, golpeando los escudos con las espadas. Rápido entendieron el mensaje los fieros y se lanzaron en loca carrera colina arriba, pues veían que nosotros estábamos bajando.

– ¡Al chorco, lobos! ¡Al chorco!

Gritaban los valdeones con sus largas picas en alto.

– ¡Al paso! ¡Al paso! Gritaba sobre todos nosotros y aún más alto Teodoro. ¡Que no vea uno parado o lo mato! Su casco con incrustaciones de oro y piedras preciosas relucía como un sol extraño sobre todos nosotros.

Nosotros avanzando hombro con hombro hacia los Cherokys que venían lanzados como toros bravos. El choque fue terrible, un espanto de crujidos, de cráneos y huesos rotos o brazos cortados. ¡Y la táctica de Teodoro funcionó a la primera! Al no chocar con una línea recta los obligábamos a entrar en cuña, colina arriba, y allí encontraban una muerte segura. Primero los arqueros; cuando Teodoro consideró que estaban a tiro, hicieron la primera siega. Al ir varios pasos por detrás de los piqueros, no tenían problema ni obstáculo para la puntería y tiraban al raso y el bulto; no fallaban una. Cuando estaban ya a pocos pasos... ¡Picas abajo!

Se rompieron unas cuantas, pero había repuestos. Algunos llegaban a empalar a dos hombres de cada picada, tal era el ímpetu que traían aquellas fieras. Y los demás a cortar, cortar y sajar, con hacha y espada.

¡Cerrando! ¡Cerrando!

Gritaban condes y capitanes, y al estar nosotros continuamente empujando hacia abajo, se formó un tapón extraordinario. Una escabechina. Una matanza, como dicen estos gochos.

Los primeros pintados, al llegar a nuestras filas, caían picados o cortados en pedazos. Tenían buenas hachas de piedra y cuchillos de hueso, escudos de madera, pequeños, buenos para combatir a la carrera; pero al llegar a nuestras filas y chocar con nuestros escudos metálicos y sentir cómo pinchaba y cortaba nuestro acero, enloquecían.

Los de atrás empujaban, tiraban y pisoteaban a los de adelante, que no podían progresar. Y nosotros, pasito a pasito los íbamos encerrando en una pinza mortal. Pincha, corta y mata.

¡Cerrando!, era todo lo que sonaba en nuestras cabezas.

−Por cierto, Ahmed, en aquella batalla os ganasteis mi admiración tú y tus hermanos. Era impresionante veros a los ocho en acción, con aquellos cuchillos de hueso, un pinchazo, un muerto, un corte, un muerto; mataríais docenas vosotros solos.

–Gracias, Saúl, lo ignoraba. Teodoro tan solo nos había prestado unos escudos de los naturales para la batalla, pero la guerra en el mar es muy sucia, muy rápida, no hay lugar ni tiempo para florituras, no hay sitio para desenvolverse, así que vas a lo mortal de necesidad. Pincho, mato, siego, mato, corto y te desangras en instantes, muerto. ¿Cómo crees que mi clan, Jalil, el hermano mayor y jefe nuestro, se hizo con los tres bajeles? ¿Pescando pececitos? Ya habíamos estado en muchas batallas antes de aquella; éramos guerreros del mar. Sigo relatando.

Los seguimos encerrando hasta que no fueron capaces de dar un paso; se mataban entre ellos mismos de pura rabia y dando golpes ciegos. Hasta que sus jefes de retaguardia empezaron a aullarles y comenzaron a escapar los de abajo, hacia las praderas.

Nosotros, pasito a pasito, íbamos cerrando y matando, cerrando y matando. ¡Buena táctica, cristianos! Los chavales que aún no habían alcanzado la edad de guerreros, corrían de aquí para allá tras las filas degollando a todo Cheroky que veían en el suelo. ¡Por si no estaba bien muerto!

Cuando al fin deshicieron el atasco y pudieron salir corriendo cuesta abajo, en el suelo quedaban muertos a cientos; les dejamos escapar, pero trabajo nos costó a muchos retener las ganas de ir tras ellos. Teodoro, con el banderín de señales, había dado la orden de volver arriba; despacito y al paso, sin romper las filas ni un momento. ¿Cuánto habríamos andado? ¿Treinta? ¿Cuarenta pasos? Y volvíamos pisando una montonera de cadáveres. Los muchachos preguntaron a Teodoro si retiraban a los muertos.

–Dejar los suyos donde hayan caído, solo recoger los nuestros. Así tendrán que brincar un poco cuando regresen.

De nuevo en la posición primitiva, nos sentamos en el suelo a esperarlos. Las chicas que habían cruzado el río pasaban entre nosotros con los cestos de comida y los pellejos de agua. Teodoro había pensado en todo; se le daba bien aquello de la guerra. Reposar y curar heridas. Pero no había pasado una hora y ya los más fanfarrones Cherokys se venían acercando; citando para duelos. Ni caso, a esperar que se junten de nuevo los gorrinos. Al machito que brincara ante nosotros, flecha en el pecho o en el culo, y seguimos cantando.

–Esperar mis órdenes.

Nos gritaba Teodoro a todos, que estábamos tan tranquilos, sentados en la hierba, comiendo y bebiendo como si estuviéramos de fiesta, cantando; los Cherokys aullando como lobos, pero sin moverse. Entonces un grupo de chicas, las más procaces, se adelantaron a nuestras filas y se pusieron a enseñarles las nalgas a los Cherokys. Funcionó de inmediato.

Se pusieron totalmente locos en segundos y, con grandes aullidos, se volvieron a agrupar para la siguiente embestida. Lo que Teodoro estaba esperando y no sabía cómo conseguirlo.

– ¡Todos en pie! ¡Los pendones! Detrás de mí, ¿Guaupa? Marca de nuevo el ritmo de paso. Esa gaita, ¿por qué cojones no está sonando? Venga, otra vez, al paso, al paso, citando y cerrando.

Y de nuevo se vinieron a nosotros enloquecidos, embravecidos, animosos.

De nuevo la picadora de carne; no éramos soldados de desfile, éramos carniceros; sencillamente íbamos a degüello. Picar y sajar, picar y sajar. Guichitas y Siux pillaron a la primera nuestra técnica trituradora de carne y nos imitaban de maravilla. Nada de duelos de machitos y a ver quién tiene más pechito. Picar y matar, sajar y matar, echándoles para arriba a todos.

Seguirían siendo miles los pintados, pero cada vez más eran simples cadáveres. De nuevo frenados y volvemos a lo mismo; ellos corrían cuesta arriba, hacia los pendones y las chicas, sin freno. Bien nos lo había advertido Aquiles.

—Su desprecio por la vida humana es completo. O los matamos a todos o no cejarán hasta vernos a nosotros muertos, los Pictos esos.

Cuando estábamos sentados y al fresco nos repetía:

—Los pintados no dan valor alguno a su propia vida.

El hedor a muerto era ya tremendo, pero sabíamos que volverían y volvieron, y volvieron. Vinieron cinco veces más hasta que en la última, ya su número bien rebajado y teniendo que saltar sobre cientos de cadáveres, estuvimos a punto de cerrar el abrazo del oso.

Lo que Teodoro había tramado.

Entonces les entró el miedo a aquellos fieros; al notar que los estábamos encerrando les entró un pavor inmenso y salieron corriendo como si les persiguieran todos los genios del infierno, huían como coyotes. En cuestión de minutos desaparecieron de nuestra vista, corriendo en estampida hacia las grandes praderas del norte y sus lejanos territorios. Nos quedamos todos quietos, mirando cómo corrían, pisando muertos. Los valdeones empezaron entonces con sus aullidos, sus Ijujús, ¡Ijujú!, lanzando los chuzos al cielo.

Una locura de abrazos y besos entre nosotros. Dejamos a los Guichitas y Siux que hicieran el recuento y se llevaran el botín de los cientos de muertos mientras nosotros cantábamos en lo alto de la colina. Ondeando las grandes cruces de nuestros tres pendones que se verían en todo el orbe inmenso y se escucharía el latir acelerado de nuestros corazones.

Habíamos triunfado y la alegría y nuestro orgullo eran entonces enormes. Jaleábamos a Teodoro lo mejor que sabíamos o nos dejaba, ¡porque tenía un genio terrible! Estábamos todos cantando y bailando en lo alto y haciendo los condes recuento de nuestros propios muertos. (¿Cuántos perdimos en la batalla? Pelayo, ¿tú lo recuerdas? Perdimos a cuarenta de los nuestros). Los valdeones nos prepararon entonces la celada, el chorco, a todos nosotros; seguro que ya lo habían hablado entre ellos.

Y tomando el gran escudo de Teodoro... (Por cierto, Saúl, si mal no recuerdo, ya le habías grabado una estrella de nueve puntas en vez de un dragón de los pantanos. Accedió cuando le conté el significado oculto de la estrella: la esperanza, y con ese escudo le enterramos). Le izaron y pasearon sobre nuestras cabezas.

¡Teodorus Rex Magnánimus! ¡Teodorus Rex! Gritaban aquellos hijos de perra abandonada y todos, como estábamos embravecidos, españoles y naturales del país del Río Rojo, les seguimos.

Cuando conseguí parar un segundo y pensarlo, me dije: ¡Date! Ya tenemos rey en Incognita; y encima romano. ¡Qué digo!, bizantino, que son peores y tienen una escuela de maldad que ni te imaginas; y aquellos ignorantes cabreros, hijos de padre desconocido, nos lo estaban paseando por el hocico para que le alabáramos. ¡Un puto rey en este jodido infierno! Lo que más necesitábamos.

—Bueno, Ahmed, para, no te calientes más. Tampoco nos fue tan mal.

—¿Cuántos años estuvimos con él al mando?

—Fueron seis años por lo menos, y no lo pasamos tan mal; que nunca nos faltó de comer o techo bajo el que cobijarse. Pero al final se hizo un tirano, un déspota, con su jodido harén de esposas de aquí para allá, un cargante, un insoportable; parecía que todos teníamos que adorarle.

−Normal, no dejabais de contarle tantas cosas y dichos de vuestro Profeta del Desierto Arábigo y sus muchas virtudes, que en un desierto terminamos. Se olvidó del Buen Pastor y se hizo otro degollador más, como todos los que en el mundo ha habido con poder y mando sobre los corazones ajenos. ¡Sí! Ahmed, ¡un califa! ¡Tú lo has dicho! Al final, Teodoro era un puto califa de los vuestros. Todo el día sobando esposas propias y ajenas, ¡y mirando con ojitos tiernos y pintados a los muchachitos! Cuándo te darás cuenta, gaditano, que todos los orientales, árabes, griegos... ¡con los judíos no me meto! Con los judíos no me meto, no te pongas broncas, Saúl. Jesús bien lo sabe, que no me meto con vosotros; pero los otros ¡son todos unos putos y unos maricones! Que solo están a sobar y robar y que les soben a ellos cuando les convenga; y al que rechiste le cortan el cuello; por eso nos pasó lo que nos pasó.

    ¡Que tú eres español, cabrón! ¡Que les den por culo a los orientales y sus putos cuentos! ¿Cuándo me harás caso?.

−Vale, déjalo, Jacobo, vale todos por hoy; salimos fuera de la mina y nos vamos a cenar, que ya es hora. ¡Sí! Yo os seguiré contando cómo llegamos hasta aquí los hispanos y tuvimos tantos descendientes. Ala, venga, todos fuera de la mina y a lavarse; que no os vean vuestras madres así de sucios. Vamos, ¡fuera!

−Si me permites, Pelayo, seguiré yo relatando, que a ti aún no se te ha quitado la pelusa de ser hijo del conde de Luna y gran cónsul de la Sierra Nevada.

− ¡Ah! ¿Pero tú hablas, Andoni? Qué gran novedad, ¿y a qué debemos el honor?

−Pues a que me está esperando un aguardiente de cactus que me ha salido cojonudo; y en cuanto cenemos y le eche unos tragos os vais a enterar todos lo que verdaderamente nos pasó en aquellos años.

− ¡Aita! ¡Aita! ¿Tú nos lo vas a contar?

−Sí, os lo voy a contar. Dejar esas piedras ahí mismo. Vamos a lavarnos y yo os contaré la verdad.

−¿Cuándo conociste al Gran Bisonte? ¿Es eso, aita? Cuéntanos otra vez cómo es el gran Bisonte. Tú cuéntanos, aita.

Llega el gran Bisonte

Fue un invierno benéfico el que vino tras hacer correr tanta sangre en la guerra con los Cherokys. No hizo mucho frío y pronto aprendimos a hacer nosotros los tabernáculos, como dice Saúl, con pieles y pértigas. Aprendimos mucho y rápido con los Guichitas, buena gente. Una mañana de noviembre llegaron corriendo unos exploradores y nos pusieron a todos en alerta en cuestión de segundos. Yo pensaba: ¡Ya estamos otra vez con los Cherokys! Pues Teodoro no paraba de gritar: ¡A las armas! ¡A las armas! Pero no, no estábamos en guerra; habían encontrado al fin al Gran Bisonte.

Tras las colinas cercanas habían avistado al dichoso demonio ese que tanto adoraban; era lo que yo pensaba, no me habían contado nada.

Formamos en grupos de a veintena, entremezclados con los Guichitas, pues no sabíamos de qué coño iba aquella vaina; y a una seña de los jefes comenzamos a caminar hacia las colinas.

Los europeos nos mirábamos los unos a los otros, como diciendo: ¿Tú sabes de qué va esto? Pero todos callados como hacían ellos. Tan solo picas y jabalinas, cuchillos, nada de escudos o cualquier cosa que pesara. Íbamos de caza, eso seguro. Y subimos en grupos no muy alejados los unos de los otros a lo alto; los Guichitas sabían bien detrás de lo que andaban.

Al llegar a la colina, todos al suelo, y reptando hasta llegar a lo alto, atentos al viento; y asomamos. Y entonces lo vimos.

—¿Le viste, aita? ¿Viste bien al Gran Bisonte?

—Sí, hijo, sí, tan bien le vi que no se me olvidará mientras viva.

—Joder con el Andoni; tampoco nosotros olvidamos los chuletones que preparabas, cabronazo.

—Calla, garza loca, piojoso, y déjame que yo se lo cuente a los descendientes.

En mi cabeza recordaba los grandes toros que mi padre cuidaba cuando yo era un crío como vosotros, allá en la lejana Álava, pero aquello, aquello que teníamos delante sobrepasaba cualquier bestia conocida o soñada. Incluso las crías serían mayores que los toros de mi padre, y su duro pelaje me fascinaba; de ahí sacaban los Guichitas las enormes pieles para los tabernáculos y para todo. Y los teníamos delante, por las praderas corrían rebaños de centenares de aquellos toros inmensos que llamaban bisontes. Teníamos justo debajo un rebaño abrevando de un arroyo. Con cinco toros, calculaba yo, come toda la tribu durante un mes. Atentos a las órdenes de los jefes de grupo, nos preparamos para la cacería; habrían hecho centenares de veces la maniobra, así que nosotros no hicimos más que seguirlos y aprender rapidito y a la carrera.

Si de lejos ya parecían grandes, no te digo nada tener uno delante de tus narices. La cosa era separar algún macho de la gran manada y tumbarlo para poder degollarlo e ir a por el siguiente. Los guichitas lo hacían a base de gritarlos y lanzarles jabalinas; los españoles improvisamos, y como la mayoría había llevado sus picas y jabalinas, usábamos la táctica de citar y picar que tan bien se nos daba.

Alguno de los nuestros salió por los aires, pero no hubo muertos aquel día y cuando la gran manada salió en estampida dejaron detrás una docena de los suyos. ¡Qué Ijujús soltaba este cabrero!

Eran auténticas montañas de carne; empezamos a despiezar, y era algo increíble. Los guichitas comían crudas las vísceras, se bebían la sangre, no tiraban nada; al poco fueron llegando los ancianos y las mujeres del poblado con los grandes cestos de mimbre y ya los estábamos cortando en pedazos; en eso sí que nos dejaron casi todo el trabajo. Al tener nosotros hachas y cuchillos de acero, cortábamos y troceábamos con una maestría para ellos desconocida. Cuidando de aprovechar muy bien su piel, eso sí.

Estaban encantados, abrazos, besos, muchos besos; se les había pegado la costumbre de estos jodidos cristianos. Quita para allá, y los besos que me los dé tu parienta; no paraba de decirles yo, que no me dejaban despiezar a gusto. Algo debí rezar a Señora Mari, pues al ir colocando las piezas de carne en los cestos, comenzaron las mujeres a comerme a besos y rápido se me pasó el ímpetu de cazador y carnicero; me dulcificaron con cuatro achuchones que me dieron y se me pasó lo fiero.

—¿Y fue entonces cuando conociste a las amás? ¿A las nuestras?

—De vista, tal vez, pues al festín acudieron pueblos de todas partes. Se avisaban con el humo de las hogueras y se ponían a comer como locos; comían en crudo y así no esperaban a que la carne se pudiera echar a perder.

—Y ahí fue cuando triunfaste; bueno, tú y el Atanasio, que era el único cocinero que nos quedaba vivo por entonces.

—Sí, así fue. Al principio se quedaban muy asombrados con nosotros porque lo crudo apenas lo probábamos. Una vez en el poblado, aquietamos los fuegos y buscamos grandes piedras planas en la orilla del río; cuando ya estaban en las puras brasas poníamos las piedras y los Guichitas y los Siux y no sé cuántos más mirándonos.

—Vosotros, tontos, ¿por qué no comer ya Gran Bisonte?

Y nosotros callados.

—¿Qué se hace entonces?

—Se espera a que la piedra esté bien caliente.

—¿Y eso cómo se sabe?

—Se escupe encima para ver si desaparece la saliva.

—Muy bien, Aitor; que nunca se te olvide de quién eres hijo.

Cuando comenzamos a poner buenos trozos de carne de bisonte sobre las piedras, vuelta y vuelta, y luego los retirábamos para ir cenando, se quedaban a cuadros, y probaron; pena que ya no teníamos apenas sal aquel día. Les cortábamos taquitos, bien calentitos envueltos en tortitas de maíz, y se volvían locos. Nunca se les había ocurrido hacer tal cosa. Nosotros no comemos apenas carne cruda, la asamos o cocemos, o la ahumamos para hacer cecina y la ponemos a curar al viento y la helada. Construimos hornos tanto para nosotros como para los alimentos.

—¿Y triunfaste, aita? ¿Triunfaste?.

—No, el que triunfó aquella jornada fue este cabrero. Como había tanta y tanta carne que todos ahítos no dábamos abasto ni a comer la mitad, discurrió hacer cecina.

—No conocían los ahumados las gentes de las praderas.

—De lo nuestro no conocían nada. Así que este empezó a colgar los trozos de carne de unas cuerdas y se puso a ahumarlos. Hubo que pararles, a los naturales del río, y darles muchas explicaciones. Como ya refrescaba bastante por las noches y al haber hecho el ahumado, nada de carne se perdió de aquella cacería y sucesivas. No, no pasamos hambre con los perros de las praderas. Siempre sobró.

—Cuando triunfaste, creo yo, fue con las calderetas de ciervo.

—Tampoco, aunque sí que gustaron a los naturales.

Como llevábamos a cuestas cuatro calderetas de la cocina de las galeras, en cuanto matamos un par de ciervos, los hispanos preparamos las calderetas. Tendríais que haber visto la cara que pusieron nuestros amigos perros. Atanasio y yo venga a echar chiles y calabazas, maíces y arvejos; mientras, íbamos troceando la carne en cachitos y después a la cazuela. Sentarnos y cantar, sentarnos y esperar a que salga el espíritu del gran ciervo. Se aprovechaba todo: los cuernos, los tendones, las pezuñas, todo. Menudos coyotes estaban hechos los amigos. Cuando empezamos a servir el ciervo a la cazadora, ya era de noche, a la luz de los fuegos, en platos, los jefes primero: ya estaban que brincaban con los olores. Ya sabéis que a mí me gusta la comida muy especiada. Pues empezaron a bailar y rondar alrededor de los fuegos; a Atanasio casi le coronan allí mismo.

—¿Entonces fue con los pavos?

—Sí, Iñigo, así fue como me gané a vuestras amás; pasamos con los Guichitas todo el invierno.

Por aquellos andurriales abundaban unos pollos enormes a los que no hacían ni puñetero caso. Alguna vez mataban uno por adornarse con las plumas y para regalárselas a las mujeres. Entonces yo discurrí que ya era tiempo de conseguir compañía femenina, pues estaba de mis hermanos hasta la capucha.

—¿Las cambiaste por un hacha?

—No, los hacheros eran Peio y los suyos. Eran buenos cortando árboles y trabajando la madera, para hacer todas estas cosas con las que comemos, los platos y todo eso; pero de lo demás no tenían mucha idea. Se unieron al cortejo del rey Alfonso al pasar por su tierra camino de Cantabria.

—¿Y tú, aita?

—Mis hermanos y primos fuimos los primeros soldados que tuvo el rey: éramos sus guardias allá en Vitoria; al partir se nos unieron Teodoro y sus romanos. Pagaba bien; buen rey, Alfonso, noble, serio, honrado; al terminar la batalla, reparto de botín, hacer montones, y al que toque lo que no es suyo, lo corto en tiras y lo echo a los cerdos. Buen paisano.

Una mañana andaba yo de batida con un par de cabezas locas, porque así eran los naturales de las praderas, y vi un par de aquellos pollos que les decían pavos. Con el arco les zumbé a la primera; estaban con las plumas desplegadas, así, y bailaban alrededor de una pava. Ni se enteraron y ya los tenía cogidos por el cuello camino del poblado; y todo el rato el par de chorlitos aquellos dándome la brasa. ¡Eso no es comida! ¡Solo plumas! Para la cabeza y el escudo. ¡Tú eres bobo! Y yo con los pavos a cuestas.

Se van a enterar estos choris de lo bobo que soy yo.

Una vez en el poblado preparé un par de cazuelas, y a pelar los pavos. A cocer un poquito, y después, ya pelados les fui cortando en tiras con la ayuda de Atanasio y los pusimos a cocer. Es una carne seca e insípida, pero gustó y, cuando vuestras amás se acercaron a probar, las dos mejores lobas que nunca dio el pueblo Comanche; eran hermanas, les paré con un gesto. ¡Quietas! Eso es bueno para los choris y los españoles. Y puse a asar los hígados, a fuego suave y con frutos dulces de las zarzas, y después a comer en plato.

¡Chico! ¡Qué caras pusieron! Eran unas golosas de miedo. Se comieron un hígado cada una.

Eso y las plumas más vistosas de regalo, y aquella noche mandé a mis hermanos a dormir al raso. Al día siguiente, ceremonia; pues su padre se había olido la tostada.

Fue buen trato, todos hermanitus; Teodoro lo bordaba; ese sí que era buen pavo. Besos y abrazos. En la primavera, cuando dejamos a los Guichitas, sus hermanos nos hicieron de guías y compañeros.

—¿Fue entonces cuando descubriste las montañas nevadas?

—No, ese honor le cupo al cónsul Pelayo; como le nombraron.

La primavera se iba y con ella los bisontes, al lejano norte y, llegados a un punto, por las fuentes del río rojo los Guichitas dijeron que se daban la media vuelta y que volvían río abajo; a plantar maíces.

Se hizo corro grande y concejo para discutir a la manera de los cristianos.

Casi nadie estaba por la labor de pasarse la vida río arriba río abajo, como hacían los naturales del territorio. Quitando tres o cuatro que se fueron con ellos, los demás pedimos continuar. Nos despedimos amorosamente, como buenos hispanos, y les deseamos que tuvieran suerte. Aprovechando que estaban de visita unos hermanos de vuestras amás, Pelayo y yo pedimos permiso para adelantarnos hacia el poniente con ellos. Teodoro accedió y, con diez hombres más, partimos de exploración.

Yo apenas les entendía cuatro cosas, pero el lenguaje de gestos funcionaba; nos hablaban de montañas, grandes montañas, pero nosotros apenas veíamos altozanos y un desfiladero donde debía nacer el río rojo. Y entonces nos hicieron subir a los altos. Las vimos, a gran distancia, pero se distinguían claramente las cumbres nevadas de una enorme cordillera dos veces por lo menos más grande que los Pirineos. Fuimos nosotros los que casi comemos a besos y achuchones a los comanches; bajamos del monte aullando como lobos, como coyotes, como locos.

En cuanto dimos las nuevas, nuestra suerte estaba echada. Todos en marcha. Los comanches nos llevaron por un paso al norte del desfiladero hasta llegar a la orilla de otro gran río; no había mucha pérdida, con seguir el rastro de boñigas del Gran Bisonte nos hubiera bastado.

Subiendo río arriba nos fuimos acercando a las montañas y, después, rodeando por el sur de la cordillera que llamábamos Nevada, pues ya cerca del verano las cumbres estaban cubiertas de blancura; encontramos un país maravilloso. Al que más y al que menos le recordaba cosas de Hispania; aunque la vegetación era diferente, nos pareció agradable y buena aquella tierra para establecernos.

—¿Fue cuando empezasteis con los pueblos? ¿Cómo son los pueblos, aita?

—Los castros, hijo, los castros, así los llamamos nosotros; pueblos, lo que se dice pueblos, solo se hicieron tres, para el emperador y sus dos cónsules. Por cierto, ¿dónde está Pelayo?

—Está con Jacobo y Ahmed; ya sabes, el demonio de la Luna (Mal, están muy mal). Pero sigue tú con los descendientes, lo haces bien.

—Gracias, cabrero. Continúo.

– ¿Por qué tú siempre insultas a tu buen amigo? Español como tú.

– ¿Español este? ¡Español, yo! Yo soy de Álava, ¡estos!, todos mezclados; sus abuelos y bisabuelos tirarle la jabalina a toda gocha que les pasara por delante.

– ¡Mira! ¡Un día te voy a dar una!

– ¡Aita, aita! Pero sí, siempre dormir juntos, los dos.

–Es por el demonio de la Luna, hijos; bueno, vale, y porque nos queremos. Ya son más ocho años, ¿no? Hombro con hombro, pasando penalidades sin cuento. Pero, español, yo, ¡eh!

–¿Pero si Ahmed y Pelayo son también como tú? De cabellos de rayos de sol.

–Pues algo de mezcla tendrán ambos. Así les salieron los hijos, ¡no son como vosotros dos! Que tenéis el mismo cabello que el aita.

Llegamos a una tierra maravillosa; a ratos me recordaba mi amada Álava. Valles y riberas por todas partes, altozanos planos, que les decíamos Mesas, y madera, y roca, y aquello fue la locura completa: ¡Arcilla! Arcilla por todas partes, montañas enteras arcillosas. La poca gente que por allí habitaba entonces era apacible y sana, labradores y cazadores.

Nos hicimos amigos enseguida, y Teodoro comenzó a distribuirnos; ya sabéis: a la manera militar, era como pensaba; un reino para él solo. En grupos de una docena nos fue distribuyendo por valles y valles; buscábamos un buen monte o mesa que dominara la zona y arriba mismo comenzábamos a montar un castro.

Agua, comida, leña, teníamos de todo; bueno, mujeres pocas; enseguida llegaron. Y comenzamos a levantar hornos, hornos aquí, hornos allá. Saúl y sus hermanos eran unos expertos; asábamos la comida a la manera española y sobre todo hacíamos ladrillos; los naturales hacían bonitos cacharros de barro. Sí, como los que hicimos al llegar aquí donde estamos. Al poco tiempo, nuestros castros dominaban un gran territorio y, cuando el otoño llegó y la mayoría se marchó a buscar al Gran Bisonte, ya teníamos las cabañas preparadas para la vuelta.

Al regreso de nuestra primera expedición de caza, en cada cabaña había una dueña, y no hubo quien pudiera echarla. Yo, como ya tenía a vuestras dos amás en casa me reí bastante con la jugada.

—Eso fue cosa de Guaupa, que aprovechó nuestra partida para montarnos la celada; antes de que partiéramos ya había puesto sobre aviso a todas las tribus en muchas leguas a la redonda.

—Esa celada, y unas cuantas más. Cojonuda era la jequesa de los pantanos. Menuda bruja. ¡Cuando se iba a la cueva con las ahijadas! ¡Qué no harían! Aullaban como lobas, noches enteras tocando el tambor, llamando a sus ancestros y los genios, y sabrá Dios a cuantos más. Bueno, sigue tú, cabrero; animando la cena, voy a ver cómo están los compañeros.

Tercera parte

Caín, el último valdeón

—Sí, venir conmigo, descendientes, que este cabrero cántabro os relatará cómo fue en verdad la vida en los pueblos.

Llegamos a aquella tierra fértil y maravillosa llenos de esperanza tras tan largas penalidades en el río y los pantanos, y la guerra con los Cherokys. Fue ver aquellos montes y valles y se nos abrió el cielo: agua abundante, refugios estupendos, gente amigable y un clima benigno al sur de la Cordillera Nevada.

Pero apenas comenzamos a levantar chozos y castros y los tres pueblos males extraños, pústulas, toses y fiebres, comenzaron a llevarse al otro mundo a nuestros amigos, los naturales del territorio. Muchas mujeres viudas, huérfanos; yo también lo soy y lo comprendí al momento. Ellas quedaron dueñas de las cabañas y nosotros salíamos de cacería, de exploración; buscando minas o sueños.

Todo el invierno, felices. Pero al llegar la primavera comenzaron a caer también los nuestros.

Peio fue de los primeros, pues les tiraba la jabalina: bueno, la jabalina, el hacha, la pica, y lo que tuviera a mano a todas las naturales. Y empezó con los temblores y a quedarse seco, llagas en la piel, sin cabellera. Guaupa se lo pilló al vuelo; aquello no era por pasar hambre, que de comer nunca faltaba. Pero de nada servían raíces, baños de barro, sus remedios; la mujer enloqueció, se fue a los ensueños. No dejéis nunca que la llamen bruja: son envidiosos incluso a las puertas de la muerte, y nunca la poseyeron.
    Era buena mujer, y veía a los hispanos muriendo; se fue un día con siete mujeres más y un chamán al desierto del sureste. Un mar de arena, inmenso, una caldera en pleno invierno.
    Era primavera, yo bien lo recuerdo, cuando ellas partieron; también se fue Ojos de lechuza, mi compañera y dueña. Durante siete días caminaron hasta internarse en el desierto, buscando honguitos, los niñitos del cielo; y al octavo los descubrieron.

Ceremonia de paz, baile de conocimiento, propósito limpio, corazón al descubierto; bailar en rondo sobre ellos; ¡tambor! En cestitos llevar a los niñitos lejos; los niños del cielo son llevados hasta la hierba verde y a sentarse en el suelo. Los comieron y vieron en la danza y el sueño. Miraron el cuento de los niñitos del cielo.

Los males extraños de los naturales que caían al poco muertos habían venido con nosotros, en nuestro pelo, en nuestra piel, en todo. Matar a hombres naturales; mujeres menos. El mal que mata a los hispanos será el demonio de la Luna; por correr tras las incógnitas y tomarlas para ellos.

Los niños del cielo mostrarles cómo nosotros salir de cacería, y no solo tras los bisontes; tirarles la jabalina a todas las incógnitas. En poco tiempo todos estarán muertos por el mal del demonio de la Luna.

Regresaron solas; el chamán había enloquecido por las visiones de demonios y muertos, y nos lo contaron en una larga ceremonia ideada por Guaupa; fue la última. Bien sé que su intención fue evitar que los que aún estábamos sanos cayéramos en las garras del demonio, pero lo que consiguió fue justo lo contrario. El miedo a la muerte, el espanto que nos produjo su relato del demonio de la Luna, nos condujo incluso al rapto de mujeres; ahora nosotros Cherokys.

Ahora nosotros pintados, pintados de rojo y ocre, pues el azul no lo encontrábamos por más que buscábamos. Correr, correr en taparrabos como cuando éramos niños, correr por las praderas como los lobos, cazando bestias y hombres como ellos.

A cualquier cosa le tiraron la jabalina algunos; tal vez tan solo por llevarle la contraria a la Sultana. Y fueron cayendo.

Alguno moriría en algún duelo, no digo yo que no, con algún guerrero de alguna tribu de paso, pero la mayoría caía por las fiebres y llagas. No había mes que uno, dos, tres, faltasen a nuestros festejos. A los que pudimos, los enterramos; a otros se los comieron los buitres o los leones de la montaña.

No teníamos en esta tierra animales domésticos, pero todos éramos ya pastores, pastores de mujeres y descendientes. ¡Y qué mal nos portamos, Señor! Tiene razón Andoni, tan solo vosotros dos y los niños de Peio podéis estar seguros de quién es vuestro padre, porque los demás sois todos hijos nuestros; de todos nosotros pues, años nos pasamos tirando la jabalina a todas horas y por todas partes.

Así de este modo, tal y como os cuento, fuimos resistiendo unos años. Las mujeres buenas labradoras, y nosotros, buenos tiradores; pronto las cabañas llenas de gente. Tres años estuvimos la mayoría de los hispanos viviendo en los castros y otros tres a mayores en los pueblos; cada vez éramos más los vivos, pero dejábamos atrás a más muertos, incluso de los nuestros.

Teodoro, Pelayo y el conde Bermudo ¿Os acordáis de él? ¿No? Bueno, algunos erais muy pequeños cuando nos dejó, eran los cónsules de cada uno de los pueblos que ya parecían ciudades. Era bonito tener tu propio pueblo como si en Hispania siguiéramos; nunca nos faltó de comer ni hubo guerras ni otros males mayores, tan solo que cada poco el demonio se llevaba a alguno de los nuestros. Así que un día decidimos irnos todos a vivir con Teodoro en su gran pueblo; apenas pasábamos de cincuenta de los que vinimos en los bajeles y acordamos que, para lo que nos quedara de vida en Incognita estar juntos y rodeados de nuestros descendientes. Vosotros. Hasta que se perdió todo.

–¿Ya no sabes más? Caín, ¿tú no sabes?

–Algo recuerdo, pero mejor que os lo cuente el abuelo; no me encuentro bien.

– ¿El abuelo? Abuelo siempre está pachucho. Todo el tiempo en la cabaña y la cama. ¿Ser por demonio de la Luna? ¿Sí?

–No, Iñigo, no, lo suyo es por viejo. Era el de mayor edad al embarcar y va a ser el que nos entierre a todos. Él seguirá el relato; voy a buscarle. Seguir jugando y cuidar los fuegos; estar atentos a los lobos y las serpientes.

Rodrigo, el primer mozárabe

—Sí, eso soy yo, afirmo ante el Señor Altísimo y todos los Santos Mártires; yo soy Rodrigo, hijo de Wamba, nieto de Recaredo, español; nacido el año de Nuestro Señor de 740; nunca he seguido la cuenta pagana de Ahmed y los conversos mahometanos.

En la ciudad inmensa y prodigiosa de Córdoba, siendo de antigua y limpia raigambre hispana, nací y me crie bajo dominación mahometana; viendo a diario cómo llegaban cabilas y jarcas armadas del África cercana.

Sí, yo, Rodrigo, vi llegar a la ciudad al gran Abderramán, Príncipe de los creyentes en la crueldad de Mahoma; le vi llegar y para él trabajé con toda mi familia durante años. Años maravillosos. Grandes riquezas afluían de continuo a la ciudad desde los cuatro puntos cardinales. Carretadas y caravanas de gentes iban y venían de continuo.

Pero nosotros éramos presos, prisioneros del gran emir Abderramán, señor de la gran ciudad y sus torres almenadas. Trabajamos levantando la gran mezquita que sería envidia de Bagdad, Damasco y todo el mundo mahometano; no se reparaba en gastos. Azulejos, pedrería, albañilería, trabajo fino de mampostería; los mejores artesanos del mundo conocido acudieron a su llamada. Y allí estaba yo con mi familia. Y estaba el jalifa.

Tendríais que haberle visto; el emir pelirrojo y de ojos verdes que soñaba con ser califa. Alto, bellísimo, de larga melena al viento, paseando en su brioso caballo negro, enjaezado de perlas y piedras preciosas, y cuando llegaba a puerta de la gran mezquita para entrar a orar, picaba al caballo para que levantara las manos y sacaba al cielo su brillante alfanje. Les temblaba y palpitaba a las mujeres el misterio y a nosotros el culo entero.

Ha habido y habrá en la tierra hombres que tienen o han tenido como un honguito, un niñito del cielo, pegado y creciendo en el culo y, cuando aparecen ante las gentes, relumbran, resplandecen, y asombran a hombres y mujeres, y dioses. Y ante ellos doblas la cerviz y te humillas en silencio. Abderramán fue uno de ellos.

Teodoro estuvo a punto de serlo.
—¿Nos contarás su coronación, abuelo?
—¡Sí! Sí, ¿tú nos contarás?
—Relataré aquellos tiempos, pero estar en silencio.

Si la idea de hacerle rey fue de Caín y los Valdeones, por gloria de la victoria en la gran batalla, mía fue la de hacerle emperador de Incognita; pues ya veía que poco nos duraría y mis padres me enseñaron bien lo que es la caridad cristiana.

Hay algo que ignoráis y fue la verdadera razón de que nos quedáramos en los pueblos y los castros; es una planta, el algodón, que en este desierto no se da, pero que nosotros conocíamos y en aquella tierra florecía por todas partes.

Cuando nosotros llegamos hasta los naturales de aquellos valles, que de nada nos conocían, y nos vieron vestidos con telas, bueno, los andrajos que aún nos quedaban, enseguida nos hicimos hermanos. Las muchachas eran tejedoras prodigiosas y, al poco tiempo, todos lucíamos nuevos y estupendos jubones y largas mantas.

Las amábamos, sí, la mayoría de nosotros. Ya lo entenderéis cuando seáis mayores. Ver a las dueñas y sus muchachas tejer aquellos maravillosos vestidos para nosotros y se nos abrieron las carnes. El que más y el que menos aún recordaba a su propia madre filando y tejiendo lino.

Caín ya os habrá contado algo. Fue por caridad, por conmiseración, que le montamos la coronación imperial a Teodoro. Apenas quedábamos unos cincuenta de los que de España llegamos.

Las nativas tejieron para él y su última esposa, una muchacha de las tribus del desierto del sur, muy guapa, unos tejidos preciosos. Eso fue cosa de Saúl y su hermano pequeño Daniel, pues David ya había fallecido, que los adornaron con piedras de colores y ajorcas. Y con los dos grandes trozos de vela que nos quedaban, ¡los de las grandes cruces!, les hicimos las capas. Ahmed les preparó unos livianos turbantes y nosotros, con las picas, su cortejo de guardianes.

Tendríais que haberlo visto; en la Mesa de la Sangre de Cristo; allí nuestro pueblo, capital del Gran Imperio de Incognita, desfilando nuestro Emperador a la sombra de las picas; los dos Cónsules, Bermudo y Pelayo a los costados, y detrás sus otras seis esposas y cinco descendientes.

Teodoro Imperial, riéndose del basilisco que le había echado de su casa en Bizancio. Teodoro, Emperador Romano de Incógnita en la Sexta Edad del Mundo y año 807 de Nuestra Redención, levantando al cielo su espada romana y jurando a Cristo ser su mejor soldado; aun después de muerto.

Lo enterramos en la siguiente luna nueva.

Tres noches después a Guaupa, nuestra jequesa, que vivía sola con su crío y las dos nenitas mellizas, aquí presentes. Venir a darle un beso al abuelo. La respetábamos; algunos casi tanto como si hubiese sido Santa María Magdalena; pero se marchó, se fue a los pantanos con todos sus genios y ya nunca supimos a qué atenernos. Bien que la lloramos.

—Abuelo, abuelo, ¿entonces fue cuando tú viniste al desierto? ¿Con los Yuma?

—No, mis amorcitos, no, aún pasamos todo un terrible invierno allá en el pueblo.

— ¡Mucho hambre! ¿Mucha hambre?

—No, angelitos míos. Hambre nunca pasamos gracias a la idea de los valdeones lanceros.

Todos los pueblos que encontrábamos eran estupendos cazadores, incluso pescadores en los ríos y lagunas que atravesamos; pero mataban, comían, y al suelo, para los coyotes o los cuervos. Y esta gente, los valdeones, sabían bien desde niños lo que era pasar hambre; así que nosotros cazar, pescar, cocinar, y lo que sobraba: ¡al humo! Ahumábamos las carnes, los pescados, las aves, todo lo que matásemos, y no dejábamos ni las plumas tiradas por el suelo. Pronto aprendimos la lección al perder los bajeles en la gran tormenta. Podríamos morir en la guerra, o por las serpientes y los dragones, pero nunca de hambre. Nuestras dueñas gorditas, rubicundas, sanotas, siempre sonrientes; me recordaban a las cordobesas, de hablar siempre dulcemente enamorado.

Teníamos mucha comida en las cabañas, en los castros y los pueblos, y cuando pasaban a vernos los cazadores y guerreros de otras tribus, nosotros hacíamos convite: ¡ya sabéis!

—Arriba, en el cielo, ¡Gran Manitu! Así, así, grandes círculos con las manos.

—Aquí, en la tierra, ¡todos hermanitus! Nosotros, todos, todos nosotros.

Y a sentarse a comer con muchos chiles y arvejos, y maíces en grandes cestos. Barriga llena, ¡todos contentos! Muchos regalos, mucho intercambio, buena gente de los pueblos. Todos felices.

—¿Y entonces qué pasó? ¿Por qué venir tú al desierto? ¿Engaño?

—Eres casi tan listo como tu padre, Teo; algo hubo; y si no me pegas en las piernas, te lo cuento.

La serpiente en el paraíso, ¿no conocéis ese cuento? Bueno, la envidia no es algo que os vaya a enseñar a mi edad. ¡Dios me libre! Pero hay que ser sincero en la vida terrenal o si no los ángeles juzgan muy duro a nuestro santo perpetuo, y le arrojan a los abismos del fuego.

Muerto Teodoro, ya no teníamos rey ni jalifa ni emperador de los creyentes y las incógnitas; pero sí dos cónsules. Y como aún quedaban vivos cuatro romanos, Orestes era uno de ellos, nos hicieron a todos republicanos; pero con dos bandos.

Los unos con Bermudo, los otros con Pelayo, aún presente. (Eso espero). Y ambos grupos tramaron la forma de ganarse los favores del pópulo incógnito y mayúsculo que a un lado u otro se inclinaba. Era aún invierno, os recuerdo, y hacía frío. Nieve en las montañas lejanas. Y Bermudo se dejó llevar por los cuentos y ensueños de los naturales y guerreros. Partió una mañana, con seis de sus partidarios y algunos cazadores a las montañas.

— ¿Por qué fueron, abuelo? ¿Buscando mineral?

—Mejor nos habría ido de haber encontrado algo de plata, oro o cobre.

No, hijos míos; después de haber padecido a un emperador bizantino en sus últimos delirios, Bermudo quiso ser el último rey visigodo. Se fue a las montañas a buscar y matar un oso. Encontrar lo encontraron, los cazadores les guiaron; en una cueva estaba dormido y lo despertaron; ellos, los más bravos. Y el oso despertó y salió, ¡era enorme! Y los destrozó.

Tan solo Caín regresó medio muerto a hombros de los guías; por eso tiene esas marcas terribles en el pecho. No le acertó de lleno por muy poco.

Hay hombres a los que la naturaleza concede un honguito en el culo, como Abderramán, y los hay que los estarán buscando en el infierno, como Bermudo.

Lo siento, amorcitos, lo siento, perdonadme, no debía haberlo dicho; no me caía bien aquel zagal. Era un visigodo, un infame, un chulo, un hijo puta como todos sus tatarabuelos; nunca debió salir de La Bardulia.

— ¡Todos a dormir! Todos, abuelo. Mañana más cuentos.

— (¿Qué ocurre, Caín? ¿Otro?).

— (Otros dos). Acostarse pequeños, a descansar.

En la noche estrellada del desierto se están abriendo dos nuevas tumbas para dos bravos que en las naves vinieron. Eran mortales sus cuerpos, pero inmortales son sus cuentos. Dos nuevas tumbas profundas en la tierra dura donde no puedan escarbar los coyotes, ni los lobos, ni los ciervos. Adiós, Ahmed, adiós, Jacobo; id con los vuestros, pronto os seguiremos.

Respeto, hermanitus, respeto

¡Ijujús de Caín! ¡Ijujús de alerta!
Despiertos, ya están despiertos.
Amanecer en el desierto, ¡Hacemos visita!
Los Yuma, grandes guerreros, han venido a veros, traer presentes para los descendientes, intercambio, abrazos y besos. Hermanitus.
Faltar Ahmed y Jacobo, grandes guerreros, ¿demonio de la Luna? ¿Ser eso? Los demás enfermos, solo Caín y el abuelo salen a recibirnos para intercambio de plumas y pieles; besos.

– ¡Nosotros, comida! ¡Nosotros, convite!
– ¡Yuma, grandes guerreros!
–Ya ves, gran jefe, que los tenemos bien enseñados. Incluso las niñas saben ya tirar con el arco y son buenas cazadoras.
–Ya veo, hermano Rodrigo, ya veo. (¡Estáis muertos!) Sí, venir para gran convite de los descendientes. Mi pueblo honrado, por los hijos de las estrellas. Sentarnos al corro y esperar vuestros presentes. Cuéntanos, Rodrigo, ¿seguís sin tener remedio para matar al demonio que os atormenta?

—Seguimos, Gran Lobo Blanco; seguimos y perecemos. Pienso que el remedio fue peor aún que la enfermedad; pero no sé, lo mío siempre fueron los azulejos.

—Cuéntanos, abuelo, cosas de tu tierra lejana y tus gentes, y de los árabe y sus caballos de trueno; las grandes guerras de tus tribus e imperios. Nosotros vigilamos lobos y cuervos.

—Bien lo sé, gran jefe; desde que llegamos a este territorio no nos habéis quitado el ojo del cogote. Siempre acechando, siempre atentos a nuestros movimientos.

—Fue por el negro, grandísimo guerrero; nos venció a todos.

—Ya, todos recordamos a Mansur, el bereber moreno; nunca habéis visto a un negro auténtico. Derrotó a tus mejores guerreros. Está bien; yo salgo al corro. Yo, gran relato os haré de lo que aconteció en aquellos tiempos.

A mí, ¡mirar aquí! Yo, soy Rodrigo, gran jefe anciano de la tribu de los nautas hispanos, y convido. (Así me gusta, pequeños, comida que no falte a estos lobos hambrientos). Yo hacer relato de mis grandes gestas y desventuras para los grandes guerreros Yuma. (¡Por San Vicente, tente! ¡La pica recta! Tieso como una vela. Al menor temblor que te delate, estos nos rajan a todos y echan los niños a los hornos. Ya veo, Caín al pairo, la jabalina presta; al primero que se mueva le atraviesa. Relata, relata abuelo, relata, ¡por tu madre! Suéltales un buen cuento o al mediodía no quedaremos uno vivo.)

Yo soy Rodrigo, el primer mozárabe. Yo soy de la tribu de los Tartessos, los hijos de Gerión, que tenía a la Tierra por madre.

¡Yo luché con Hércules! (¡Uhnn! Esto nunca falla desde que les contaste cómo mató al león de Nemea). Yo soy el primer mozárabe. Yo relataré cómo llegamos a vuestro territorio.

Vivía en Córdoba, ciudad inmensa y magnífica; el Gran Manitu derramaba a diario sus dones sobre nosotros. Gran Jefe Jalifa Abderramán, muchas guerras, muchas batallas, siempre victorioso, salir de caza. Traer riquezas, toros, ciervos, mujeres. Tendríais que haberle visto entrando en la ciudad de las altas torres, con su cortejo de cien doncellas cristianas, de cabellos de sol y buenos pechos, esclavas.

(Ya están verracos todos ellos. Ahora, tiento y a la celada).

Gran Jalifa morir. Matar el demonio de la Luna. Veinticinco esposas, cuarenta y dos descendientes, pero el demonio llevarse su espíritu a la Luna donde lo esconde de nuestras miradas.

Todos llorando días enteros y noches de mujeres plañideras, todos cubiertos con telas negras. Gran desgracia. ¿Es el juicio final? ¿Vendrán los hermanos de las estrellas para cortar nuestras cabezas?

Llantos y plegarias en la gran mezquita. Mujeres ulular. (Así, mis niñas; ¡Dios os bendiga!) Gran desgracia; el jalifa no está, ¡no está!

Irse a la Luna.

Pasado el luto, comenzaron las disputas. Muchos descendientes. Gran Jalifa fue nombrado el hijo de cabellos de sol del gran Abderramán, pero su hermano mayor a disgusto, moreno, moruco. Ellos peleados.

Dos bandos. Mucha gente en bandería luchando porque su jefe fuera el Gran Jalifa. Mucha sangre regar el gran río, muchos muertos en reyertas por las calles oscuras. Al no acordar entre ellos, la tomaron con nosotros, los cristianos; sus perritos.

Matar gente, abuelos, matar niños y echarlos al río para ocultar sus grandes crímenes de los ojos del Gran Señor Dios Manitu.

Mala cosa, me dijo mi hermano Sisnando; los demonios del desierto han venido para vengarse y harán gran matanza antes de llegar a acuerdo entre ellos. Yo reuní a mi familia y salimos con lo puesto, de madrugada; íbamos a la sierra con cuatro burros para buscar mineral con el que adornar la gran mezquita. Yo era muy conocido, ¡brillantes azulejos! No sospecharon.

Caminamos y caminamos; andábamos de noche y nos escondíamos de día en los bosques y las riberas de los ríos; los pájaros y los monos nos velaban a los dormidos.

—¿Cómo hacen los monos? Así, mis niños. Mirarles bien, ellos son la tribu bendecida del Altísimo.

Jornadas y jornadas caminando a escondidas de los guerreros árabes y sus veloces caballos. Al fin llegamos, siguiendo una antigua calzada romana, a territorio cristiano.

— ¿Cómo hacía Argantonio? Así, amorcitos, así. ¡Ave, César! ¡Ave!

Llegamos rendidos y hambrientos a la ciudad augusta, pura ruina del gran imperio romano, y buscando comida entre las cabañas nos encontraron los exploradores del conde Toribio, padre de nuestro cónsul Pelayo; nuestro jefe guerrero. ¡Ah! Está aquí presente. ¡Sí! Tu propio padre, te lo he dicho muchas veces, nos encontró muertos de hambre y harapientos. A mí, mis cinco hermanos, nuestras mujeres y descendientes. Nos tomaron por morucos, ¡por nuestros hábitos! Hicieron presa con nosotros, esclavos.

— ¡Palmas a la vista! Que se vean nuestras manos. Así, que se vea que somos cristianos y gente de paz.

Nosotros, cristianos de Córdoba, nosotros, personas en Cristo, buena gente; no somos sarracenos. Desarmados. Nos tomaron por espías y nos llevaron atados con cuerdas a las montañas. ¡Sí! Tu padre, el puñetero conde; que si llego a perder un hijo en aquellas jornadas, ya no recuerdas ni su nombre a estas alturas. A ver al rey nos llevaron; el rey cristiano estaba en las montañas, acechando el ataque de los mahometanos.

Mauregato, el morito, era entonces el rey; hijo de una sirvienta africana, grandísimo cabrón; bien le recuerdo; me contaron que cuando nació, su padre, el rey Alfonso el católico, fue a verle y salió del paritorio gritando: ¡No he tenido un hijo! ¡He tenido un morito! Y con el morito se quedó.

Un fenómeno cortando cabezas; otro como Teodoro, que en paz descanse. Nos acogió el morito, ¡gran jefe guerrero! Muy clemente. ¡Y un jamón! Nos tuvo a los veinte una semana presos mientras atendía a sus cosas y esperando descubrir si éramos cristianos de fe verdadera. Una semana presos y después nos hizo esclavos. Nosotros no éramos esclavos en Córdoba, no tenía derecho para hacer tal cosa, y reclamamos justicia.

El rey Mauregato y su obispo Quirino nos acusaban de ser espías de los árabes. ¡Mozárabes! Pues aunque hablábamos la lengua romana y rezábamos a San Jacobo y San Vicente y a Nuestra Señora Santa María, Reina de los Ángeles, Gran Señora de las Doce Estrellas. (¡Ahí! Mis niños, indicando al cielo. ¿Llegaremos a verlas de nuevo? Aguanta, que en peores jornadas te las viste y saliste, compañero). Ellos no cedían y hablaban de poner nuestro cuello al degüello. (Como estos lobos; a ver qué me invento).

Fue mi esposa, Cristina, mi compañera, la que se puso en pie y les relató al rey y a su chamán nuestras cuitas en Córdoba tras la muerte de Abderramán el tuerto. Al escuchar el martirio y degüello de los santos niños perfectos, cristianos, de los nuestros, ¡entraron en gran ira! ¡Cólera inmensa!

(¡Escupir! ¡Escupir!).

—¡Sangre de Cristo! ¡A los niños no se les toca! Mataremos a todos los morucos y cagaremos sobre sus muertos.

Gritaba como un loco el rey.

Mi esposa, mujer fiel y perfecta, no mentía; Gran Manitu la tiene en el cielo, filando estrellas; y nos dieron la libertad.

El rey nos puso bajo la protección del conde Toribio y nos fuimos con él a su territorio del Bergido. Grandes valles verdes. (¡Hazlo bien!, que tienes buenos recuerdos) Grandes praderas y montes, ¡osos! ¡lobos! y perros. Un venero de agua límpida y un valle rodeado de montañas blancas nos dejó para criar rebaños de animales domésticos; bosques de árboles blancos, preciosos peces en los arroyos y caza abundante; mucha caza. ¡Nosotros pelear con los osos!

(Así, las zarpas).

Tierra dura y tierra extremada, pero éramos libres, Gran Jefe Lobo Blanco; libres como los buitres y las águilas, los lobos. ¿Tú sabes?

¡Ya! Tú mamarlo desde niño. ¡Nosotros pelearlo! Por eso, nunca vencidos, nunca más esclavos; antes tendrán que matarnos a todos y comerse nuestra bilis. (Aguanta, ¿Caín? Guiño; estoy que me caigo; sigue al acecho).

Yo, Rodrigo, el primer mozárabe, me gané el respeto de los reyes y los condes. Pasaron unos años fértiles, de buenaventura, dulces; había muerto Mauregato, el morito, y un día el conde Toribio vino a buscarnos.

El nuevo rey, Alfonso, hombre bueno, jefe sano, pío cristiano, nos llamaba para dar gran batida en tierras lejanas. Gran botín. Hijos y nietos ricos; nunca pasarán necesidades. Y me fui con ellos para hacer guerra a los sarracenos. De vuelta a tierra cristiana, el rey Alfonso me pidió que me embarcara con los romanos; sería sus ojos y oídos en la tierra que íbamos a conquistar. A la vuelta me recompensaría generosamente. Gran rey, buen hombre, Alfonso.

No he vuelto a ver a los míos, aunque siempre los tengo presentes. Así, ¡en el pecho! Cuánto saben estos pequeños. Seguir pintando en el suelo. Gran batalla, gran botín en la ciudad amurallada al borde del gran Océano. Yo siempre al lado del rey, guardián, compañero; nos ganamos tres grandes naves, bajeles, ¡Canoas enormes atravesando el mar inmenso! Nosotros remando.

—¿Cómo son los remos? Así, vamos con el tambor. ¡Ja! ¡Ujá! ¡Ja! ¡Ujá! ¡Ja! Mi tribu de nautas volverá a atravesar el océano inmenso y vendrá hasta aquí. Al que lo dude lo mato de inmediato.

—Sigue, sigue, abuelo nauta. Lobos contentos con tu relato; no habrá enfrentamientos.

—¡Ya! Y con nuestras cecinas que os estáis zampando. ¡Mañana saldréis todos a cazar ciervos! O cualquier cosa que corra sobre cuatro patas, ¡cuervos!

—Deja a los jóvenes guerreros, amigo abuelo, jefe anciano, Rodrigo, y cuenta cómo llegasteis al territorio de los Yuma, el gran pueblo cazador.

—Escucho al gran jefe, yo seguiré con el relato. (¿Caín? Vale, estás que te caes y Pelayo está como muerto).

Yo, Rodrigo, el primer mozárabe, embarqué con Teodoro y sus cónsules en los grandes bajeles, enormes piraguas, dejé a mis hijos y hermanos, y vine hasta Terra Incognita y Lontana, y al territorio de los Yuma y otras grandes tribus del desierto. Nosotros vivíamos antes en la gran Mesa de la Sangre de Cristo, felices, contentos. ¡Siempre con mucha comida! Todas las tribus amigas, amigas de los hombres del pueblo. Pero nosotros fuimos falleciendo; los buitres llevarse nuestros santos más allá del cielo que vemos. ¡A las estrellas! Nosotros resistiendo.

—Pero, y perdona que te interrumpa, ¿qué fue lo que os trajo al territorio de los Yuma? Donde ya lleváis muchas lunas viviendo.

—No interrumpes, gran jefe, viene a cuento.

Pasó la primavera, llegó el verano benéfico y espléndido, mucha comida, buenas mantas, pero seguían muriendo muchos de los nuestros, los hispanos. El desencadenante fue Saúl, gran guerrero; tras la muerte de su hermano Daniel, el pequeño, enloqueció. Él llamó a todos los espíritus de la tierra y el cielo, él llamarlos a todas horas, día y noche; él oró y cantó, bailó sobre la tumba del cadáver de su hermanitu. Las fiebres hicieron caer al gran guerrero Saúl, temblando y rodando en el suelo lo vio. El Señor Yahvé, Gran Manitu, enviarle una visión.

Vio este territorio vuestro y vio el mineral que sacamos del suelo. Y él pensó, él creyó, que había encontrado el remedio para vencer al demonio de la Luna. Nosotros le creímos. Nosotros, soldados, nosotros, morir combatiendo o cazando al gran oso de las montañas. Nosotros queríamos matar al demonio. Éramos tan solo trece españoles, el gran Mansur, nuestro compañero venido del gran desierto inmenso allende los mares, y Argantonio, el último romano.

Cargamos con nuestras cosas más imprescindibles, las dueñas que quisieron nos siguieron, y cuarenta descendientes, todos a la vista de los presentes. Mansur de explorador avanzado y Argantonio en cabeza, con su pectoral dorado y su gran escudo con la cabeza de un león bruñida, ahuyentando a los malos espíritus. Caminamos muchas lunas, siempre hacia el poniente, aprovechando las horas menos ardientes; buscando fuentes, caza, alimentos. Y las piedras. Esas piedras.

Pedro, otro cabrero, compañero de Caín, cayó el primero por la picadura de una serpiente del desierto. Cosme y Lucio al poco le siguieron; una celada que una tribu de coyotes nos preparó al cruzar un barranco angosto. Seguimos sus huellas, llegamos hasta su campamento, lo arrasamos y nos fuimos dejando atrás un reguero de muertos.

Encontramos otro gran río rojo, de inmensos barrancos, y lo seguimos un buen trecho hasta encontrar por dónde cruzarle. Saúl estaba entonces como Moisés en el desierto; no sé si nos guiaba por la vista, el olfato, o por el tacto, pues a ratos parecía ciego. Salía de su tabernáculo cada mañana y nos decía: ¡por allí! Con el brazo. Y por ahí tirábamos.

Cruzamos al fin el gran río rojo del desierto, pero fue pasar y perder a Germán y Cecilio, dos bravos montañeses, de la tribu de los cántabros, en otra celada. Debieron ser gentes coyote, por cómo iban pintados. Eran muchos y corrían como liebres; no pudimos vengarnos.

Continuamos caminando hacia el poniente siguiendo la visión de Saúl hasta llegar a vuestro territorio, feroces Yuma. No nos lo pusisteis fácil, grandes guerreros. Buenos combates. ¡Sí! Gran Jefe Lobo Blanco, tú mataste a Argantonio en singular combate; y también nos ayudaste con el entierro y ceremonia. ¡Pero solo después de que os zurráramos a base de bien! ¿Cuántos mató el Mansur en aquella jornada? ¿Cuántos bravos él solo? Cuatro fieros guerreros. Hicimos las paces.

–Las paces siguen valiendo, abuelo. Anda, siéntate un poco aquí a mi lado y que siga otro. Ten, fuma un poco, ¡pero sin toser ni esputar! ¿No nos dices siempre que vienes de un pueblo refinado? Una tribu tan grande que los hombres eran tan numerosos como las hormigas de un gran hormiguero.

–Sí, un inmenso hormiguero; ahora que lo pienso. El ejército del gran emir era tan extenso como las estrellas del cielo. Gracias, gran jefe; yo fumar pipa a tu lado.

–Dame eso; yo mantendré la pica enhiesta y me mantendré bien recto.

¡Escuchadme, bravos! Y vosotros, descendientes. Soy Saúl, de la tribu de Israel, descendiente del rey más sabio de todos los tiempos: el rey Salomón; que a su trono ató espíritus y genios por cientos y les ordenó levantar, con su magia poderosa, el más precioso de los templos. Soy Saúl.

(¡Clava bien la pica, cojones! Que alguno se está riendo).

Una visión del Altísimo guio mis pasos hasta este territorio, me trajo de la mano hasta encontrar este mineral azulado y la mina que hemos estado escavando. El Señor ha perdonado ya mi soberbia y tan solo espero ahora el perdón de mis hermanos y nuestros descendientes.

Yo buscaba remedio, cura segura, para el demonio de la Luna, que a todos nos está matando. Al morir mi hermano, con el dolor y la llantina, recordé viejas cosas cuando caí al suelo temblando y arrastrándome. Tal vez había un mineral cuyo veneno poderoso pudiera matar al demonio que tenemos dentro.

Nosotros lo llamamos plomo, tribu de ignorantes, el material más pesado del mundo. Y yo pensé, creí, que sus efluvios matarían al demonio. Pedí al Señor Dios de los Judíos que me guiara hasta una mina en esta Terra Incognita e Inmensa. Mis lloros y rezos, el gran dolor que me partía el pecho por la muerte de mi hermano pequeño, movió a compasión al Señor y me mostró este mismo terreno y las piedras del plomo.

Yo, y nadie más que yo, Saúl, soy el causante de nuestro final terrible. Una vez que aquí paramos y nos establecimos, ¡con vuestro permiso! Feroces Yuma, comenzamos a levantar cabañas de barro y a excavar en la mina. Hicimos un horno y comenzamos a fundir mineral. Yo creía que los vapores, su tacto, su veneno, entrarían en nuestra piel y pecho y matarían al demonio; pero le ha hecho aún más fuerte. Nos estamos muriendo de prisa y corriendo.

– ¡Saúl! Gran guerrero. Recuerda lo que al llegar os dije a todos: que teníais que daros baños de barro rojo y confiar en que la tierra se lleve al demonio de la Luna.

—También lo hemos probado, gran jefe; a los niños les viene bien; pero no a nosotros. Jacobo y Ahmed nos dejaron anoche; hoy, mañana, se irá otro. Pero será mejor que sea Pelayo, nuestro gran cónsul, el que haga la despedida.

(Toma la pica y termina tú; yo me estoy muriendo).

—Yo soy Pelayo cónsul, hijo de un conde, bisnieto de un rey auténtico; y al que vea reír le clavo el corazón en el suelo. Respeto. Soy Pelayo, cónsul del populo, del pueblo de San Marcelo, un gran centurión guerrero. Y me estoy muriendo.

Levanté con mis manos y mi esfuerzo un pueblo donde acudieron las gentes por cientos. ¡Muchas cabañas! Un templo, gran cabaña para reunirnos y adorar al Señor Eterno. Las gentes felices, ¡mucho alimento! Nosotros ser un gran pueblo, alegres. Pero nos fuimos muriendo.

Los hispanos íbamos con Teodoro y Guaupa; no había remedio. Ellos también se fueron, se han ido todos; solo quedamos tres y el abuelo.

Quiero que escuchéis mi despedida, fieros, grandes cazadores, buenos guerreros, con mi último aliento. No penséis que estamos tristes ni por un momento. ¡Nosotros sí que sabemos reírnos! Pero por dentro. Habéis escuchado nuestras penalidades, errores y aciertos, batallas, cacerías, y os dais cuenta de que nunca nos rendimos, aunque perdiéramos.

Nosotros somos víctimas de la ignorancia y la brutalidad del siglo; nosotros lo sabemos, pero una esperanza de vida, una vida mejor, más allá de las praderas y desiertos, de las estrellas, siempre nos animó y guio. En ella nos fiamos y en ella perecemos.

Una sola cosa pido a la tribu Yuma, a su jefe, a sus guerreros, a sus mujeres; bellas, bellas mujeres. Que cuando caiga el último de los nuestros, lo enterréis bajo tierra y os llevéis a nuestros pequeños. Cuidar de ellos.

Os dejamos un regalo; siete para ser más sincero. Llevarlos con vosotros, al sur, al poniente, para gran intercambio. Os darán cualquier cosa a cambio de ellos. No hay nada igual en el mundo entero. Estaremos en paz eternamente. En paz vivamos y en paz muramos, guerreros.

Cuarta parte

Las cruces de plomo

Noche de luna llena en el desierto, noche de luz clara y diáfana; apenas dos coyotes en la lejanía se atreven a romper el silencio de la ceremonia.

La tribu Yuma se reúne alrededor de un gran fuego. Van llegando pausados y serios caminando por las arenas del desierto y tomando asiento.

– ¡Yo tendré dos bigotes!
– ¿Dos bigotes? Gran jefe jalifa.
–Sí, uno aquí y otro aquí. Yo seré gran guerrero: matar, humillar a todos.

–¿Y eso cómo lo sabe el gran jalifa?
–Porque soy español, sangre limpia, pura raza, tribu grande y poderosa.

–Claro, claro, gran jefe jalifa. Tú, hijo de Guaupa, terrible hechicera, y el Peio Polifemo, que tronchaba árboles con un solo golpe de su gran hacha.

– ¡Yo seré más grande! ¡Más bravo!

—No me extrañaría, ¡con lo fuerte que eres! Pero, ¿dónde está ahora tu tribu? Jalifa. Vamos, deja aquí el cesto de las ofrendas.

– ¡Allí! Allí, en las estrellas

Ver alguna vez en la vida sonreír al Gran Jefe Yuma, Lobo Blanco, es algo que estuvo al alcance de muy pocos mortales o lobos. Pero guardemos silencio y escuchemos su relato.

Esta noche todos reunidos en gran fuego, tribu Yuma y pequeños descendientes hispanos. Ahora ceremonia de recuerdo a los ancestros; los nuestros y los vuestros. Ellos vienen a vernos y escucharnos escondidos en las águilas y los lobos, coyotes y cuervos. Nosotros hacemos ceremonia, nosotros alegres, venimos contentos, vestidos con nuestras mejores plumas y mantas, flores, alas de mariposas, piedras de colores.

Contentos, como nos enseñó el abuelo Rodrigo. Esta noche, ceremonia de recuerdo.

Ellos, los guerreros hispanos, dejarnos regalos; todo lo que poseyeron. Y nos hablaron de una vida mejor, lejos de aquí, en el cielo. Donde se fueron. Y nos dejaron esto. Siete cruces de plomo. Ahora yo haré invocación a nuestros ancestros y después seréis vosotros dos, los hispanos mayores, los que invocaréis a los vuestros.

¡Así ha hablado Lobo Blanco!

Tras largo rato de bailes y cánticos a los toques de tambor, los Yuma están contentos. Ancestros están con nosotros, sus espíritus; han venido incluso los más antiguos, los extraños, feroces cazadores de leones con grandes dientes.

Han venido para escuchar a los dos muchachos de cabellos de fuego. Algo que nunca vieron. Escuchamos.

—¡Aitor! Ayúdame a levantar la crux del abuelo y haz tú el encantamiento. Yo soy fuerte, yo sujeto.

—¡Escuchar a Aitor! Guerreros Yuma y ancestros. Yo, Aitor, hijo de un gran pueblo, numeroso como las estrellas del firmamento. Emperadores, jefes supremos de innumerables tribus. Nuestros padres irse; nosotros esperar su vuelta, la vuelta de los hombres de piel clara y barba espesa, por el mar y desde las estrellas. Esperaremos la señal de la crux, la que nosotros tenemos, la que nos dejó antes de morir el abuelo. Todos felices en la Tierra, todos hermanitus entonces, todas las tribus, todos los pueblos, todos hermanitus; Gran Manitu, ¡así sea!

Niñitos, niñitos del cielo, honguitos, decir a los chamanes que gran rey traer, gran rey mandará, a sus hermanitus venir aquí de nuevo, a territorio Yuma.

Nosotros dos, hermanos de sangre, de ley, guardianes de su memoria.
Atravesaremos el desierto, iremos al sur con los pequeños, haremos gran pueblo, ¡sí!, Como Moisés y Aarón seremos; y llegaremos a Terra Promisión. Fértil en pájaros y lagunas inmensas, mujeres hermosas, grandes guerreros. Haremos grandes templos para reunirnos y hacer encantamientos como Salomón.

Y esperar, esperar de vivos o de ancestros, hasta que gran rey Alfonso mande a sus hijos, a los hermanitus, con la crux en las velas para reconocerlos, y hacer más grande aún nuestro imperio.

¡Invocamos al rey!

Despierta, Alfonso, despierta

Despierta, Alfonso, rey casto y eterno. Despierta.

En un rincón del monasterio, bajo un gran manzano, dormita un monje alto y fornido. Sueña, ensueña, cree ver algo.

Es una tierra luminosa, llena de flores y fuego, y ve a un par de jovencitos de largos cabellos rubios que hacia él caminan. Entre ambos sujetan una cruz pesada y grande que relumbra; el reflejo llena sus ojos, su cabeza, y le hace levantarse de un salto. Asustado.

– ¡Alfonso! ¡Alfonso! Hermano, venir presto.

–¿Cuántas veces os habré repetido a los dos que no me llaméis así? ¿Qué ocurre? ¿Está ardiendo el monasterio? ¿A qué vienen esas carreras?

–Alfonso, perdona, hermano Pacomio; son los nobles. Los nobles han venido a veros.

¿Cuántos años van ya? Ocho, por lo menos. Ocho años me han tenido en este encierro y ahora vienen por mi cuello, a degollar otro cordero. ¡Sus, y a ellos! Que no noten que tiemblo.

A la puerta del monasterio aguardan, descabalgados, ocho nobles. (Los mismos que me trajeron a este encierro. Están ya viejos) y un cortejo de caballeros. El monje sale a su encuentro y les encara quitándose la capucha y mostrando sus blancos cabellos.

–Yo soy Alfonso; como me llamaban en otro tiempo. Ahora tan solo Pacomio, monje. ¿Qué desean los nobles de un viejo?

Los ocho nobles al cupo enarbolan sus espadas y van corriendo a postrarse de rodillas a sus pies, las puntas clavadas en el suelo.

—¡Qué vuelvas a ser nuestro rey, Alfonso! Sube a tu caballo y vuelve a cabalgar con nosotros.

—¿Cabalgar? Soy un monje retirado del mundo y sus miserias ¡Buscaros a otro!

—Nadie hay como tú en toda la tierra cristiana, Alfonso. Te necesita el reino. Tienen un nuevo emir los sarracenos y nos están matando por cientos y en todas partes.

—Ocho años te ha llevado, conde Teudane, a ti y a los demás nobles comprenderlo. Pero solo buscáis un recuerdo. Soy un monje y estoy viejo.

—Ni eres un monje ni estás viejo; no hay más que verte. ¡Por amor de Dios! Alfonso, vuelve con nosotros.

Y con un gesto el conde indica al infanzón real que venga y le ofrezca una espada al rey.

Un primer movimiento de rechazo, como un latigazo, recorre el cuerpo del rey, que le hace dar una vuelta completa sobre sus pies, y se queda mirando la espada que, de rodillas, el infanzón le ofrece.

(¡Esa funda! ¡Esa empuñadura!).

Toma en sus manos la espada, la sopesa, la sostiene, la saca de la funda y tomándola por la hoja y el vaceo al cielo, la levanta y observa.

(¡Es la misma! ¿Recuerdas? Sí, es indudable, es la espada romana que te regaló Teodoro; es esa. "¡Despierta, Alfonso! Recuerda: Con este signo peleamos los justos". ¿Esa voz? ¿Eres tú? ¿Teodoro? "Sí, soy yo". Y también te digo: "Con este signo vencemos a los enemigos". Toma ahora tu caballo y cabalga de nuevo. Amigo).

Contempla el rey, sacudido hasta lo más íntimo de su ser, la vieja espada. Levanta por la hoja el hierro al cielo y, mirando la empuñadura, exclama:

—Si es voluntad del Señor que yo, Alfonso, vuelva a cargar con esta cruz; así sea. Pero que conste que ninguno de vosotros se merece ni la más pequeña gota de sudor que caiga de mi cabeza, que de buena gana os mataría ahora mismo.

¡Un caballo!

Corolario

Regresó el rey a su refugio palatino y se puso al mando de sus menguadas tropas. Le esperaban años de guerras y batallas por todos los valles y montañas de la tierra hispana; apenas tuvo un momento de paz en su largo reinado. Pero, un día, paseando por la nueva ciudad palatina, Oviedo, se encontró de cara con dos extraños hombres, sin barbas, de largas melenas, y que vestían como los ángeles de su sueño; le dijeron que eran plateros y que venían de otro lugar del mundo para realizar una gran cruz de madera recubierta de oro y sus mejores joyas y piedras.

Extrañado y ansioso (¿Será la cruz de mi visión?). Les prestó cuanto oro y piedras preciosas le pidieron, y les siguió hasta que se encerraron en una casa que tenían alquilada.

Cuando estuvo terminada, pocos días después, él mismo la portó en sus brazos, de procesión, hasta el nuevo Templo de San Salvador como signo de su tiempo y su victoria.

—¿Dos plateros? ¿Quiénes eran?

—Eran David y Daniel; Saúl les esperaba en la casa, a resguardo de las miradas. Sus almas no podían descansar en la tierra más allá del río de los muertos; estaban en deuda con el abuelo Rodrigo. En cuanto terminaron la crux desaparecieron. ¿Me traes una cerveza?

— ¿Y así termina la historia, aita? ¿Tú ya no contarnos más?

—Así comienza otra historia extraordinaria. Os contaré algo, son cosas que sucedieron hace cientos de años.

Pasados unos años estaba Alfonso, en su palacio paseando, y le avisaron que había llegado un mensajero del obispo de Iria Flavia. (¿Gallecia? ¿Estará el moruco allí atacando?)

—Dadme la misiva presto.

Leyendo de corrido.

Monje Pelayo ve señales luminosas en el bosque Libredón; luces de diversos colores se concentran cada noche en un monte cercano al Pico Sacro. Investigando en el lugar dimos con una gran tumba romana; enterrado bajo la cúpula hallamos un sepulcro de mármol italiano, entre otros. Hallados restos que pueden ser del Apóstol Santiago. Firma Teodomiro, obispo.

De largas zancadas y saltos, a grandes voces, reclama el rey una punta de sus mejores caballos y a doce de sus mejores caballeros. No hay nada que pensar ni discurrir; el rey ordena y manda. Salen a uña de caballo hacia el poniente y cabalgan, cabalgan, cabalgan. Cruzan elevados montes, espesos bosques, ríos crecidos por las últimas lluvias. Cabalga Alfonso como si bajo sus piernas llevara al mismísimo Pegaso.

Rinde caballos, desalma caballeros, arrolla aldeanos a su paso. Por todas partes escucha gritando a las piedras, las gentes, los hierros:

– ¡Santiago! ¡Santiago! ¡Santiago!

Ese grito de montes y almas le hace hervir la sangre y escupir a los infiernos. Con tan solo cinco hombres a su lado, llega al lugar indicado, un bosque cerrado, espeso, lúgubre, silencioso; los caballos tiemblan y relinchan. Refrenan el paso; ya lo ven, un claro en lo alto del monte.

–¡Celada! ¡Celada!

Le gritan sus caballeros, previsores.

Silencio. Es un silencio extraño, inmenso, ni grillos se escuchan; parece que entraran en el mundo de los muertos. Con las picas prestas y el escudo al brazo entran en el círculo sospechando, vigilantes.

–¡Despliegue!

Ordena el rey.

Recorren presto el círculo los caballeros buscando emboscados; el rey al margen, escondido entre los árboles. No hay un alma. (¿Y este silencio?)

En el centro del claro del bosque se ve la forma de una cúpula. Han desbrozado la zona hace poco tiempo, hay viejas tumbas por todas partes.

(Mucho trabajo se ha tomado el obispo para limpiarme esto. ¿Dónde estará la trampa?).

Desciende del caballo cauteloso, sus hombres cerrando con sus caballos sus espaldas, y con la espada en la mano entra a ver qué hay. Un pasadizo, muchas tumbas, escaleras abajo; sus hombres descienden detrás de él. ¿Qué hay aquí? Hay poca luz. ¡Quitaros de en medio!

San Atanasio, San Teodoro. Una pequeña arca de mármol rosa en medio. Grabados e inscripciones romanas. ¡Está claro! Aquí pone:

– ¡IAGO! Están rayadas las letras pero yo leo Iago.

Un rayo de luz celestial, atravesando las paredes, alcanza entonces al rey ante el pasmo de sus caballeros y, por un impulso sin razón ni freno alguno él descarga con toda su furia la espada sobre el arca de mármol. Y la parte a la mitad.

Cae el rey de rodillas, con las manos palpando el mármol rosado, llorando, hipando; sus caballeros alarmados, espada en mano.

—Te encontramos, santo, te encontramos. Loados sean los cielos y benditos los ángeles que te han custodiado y hasta aquí nos han guiado. ¡Así se rompan todas las armas que contra ti se levanten! ¡Así se quiebre su cerviz! Ya estamos en tu casa, Apóstol, y no habrá fuerza que nos aparte de ti. A tus pies, Santiago, Apóstol de Cristo, hijo del trueno, dueño de Hispania. A tus pies está su rey y todos mis descendientes.

Levantaos, caballeros. ¡Sí! es él. Nuestro Señor Santiago. Ahora sí, ahora sí que vamos a ir por los morucos y, les mandaremos a todos de vuelta a África y el puñetero desierto del que vinieron.

Ahora está con nosotros el Patrón de los Hispanos. Y les echaremos.

Fin

—¿Nos vas a dejar así? ¡Aita! ¿No nos cuentas más? Tú nos tienes que contar. ¡Sí! Tú nos tienes que contar mas cosas.

　　—Vaya par de hijos tengo. ¡Uff! Poneos bajo la sombrilla para no quemaros.

　　Es una historia muy, muy larga; de siglos. Alfonso peleó hasta su muerte, y también sus descendientes. Pasaron muchos, muchos años en guerras y combates con los árabes y los africanos, pues no peleaban contra otro reino, batallaban contra medio África y otro tanto de Asia para liberar la tierra hispana.

　　En cierta ocasión, el rey Ramiro, el sobrino predilecto de Alfonso, se vio perdido en una gran batalla defendiendo la frontera este del reino, en el valle del río Ebro. La situación era desesperada, los sarracenos les arrollaban y el rey no paraba de gritar a sus hombres:

　　—¡Cerrando, cerrando, aguantar! ¡Aguantar!

Cuando ya lo daban todo por perdido y a punto de ofrecer su cuello como corderos al sacrificio, de las nubes surgió un relámpago inmenso y se escuchó un trueno que pareció partir el mundo y, como surgido de las propias nubes, apareció sobre el campo de batalla un caballero sobre un gran caballo blanco.

Sus ropas eran tan blancas y luminosas que los destellos cegaban a los combatientes y su espada, su espada, era como de fuego dorado, y cada mandoble que soltaba parecía que el propio cosmos gritase:

—¡Santiago! ¡Santiago! ¡Santiago!

Los sarracenos, espantados, huyeron como alma que lleva el diablo ululando, como viejas moras monte abajo, y el extraño caballero se acercó, imperioso, hacia el rey y su portaestandarte; con la espada le apuntó al pecho y exclamó con una voz que hacía templar las piedras:

—Un voto te pido, Ramiro. Echa a los moros de mis tierras hispanas y a cambio os daré a ti y a tus descendientes ¡un imperio!

—¡Voto hago de mi sangre y la de mis descendientes! Señor... Santiago.

Exclamó el rey, rodilla en tierra, humillado, la punta de la espada clavada en el suelo. Los echaremos.

—¡Sea!

Se escuchó decir al tiempo que caballo y caballero saltaban sobre los hombres del rey Ramiro y desaparecían en la lejanía sobre los montes y valles de la tierra roja.

Desde aquel día los hispanos siempre entrarían en batalla gritando:

—¡Santiago! ¡Santiago y cierra España!

Ya sabéis, siempre cerrando, siempre cerrando, que somos pocos; ¡pero ni un paso atrás!

Echaron a los moros, a todos, de Hispania y después subieron a las naves, la crux del rey Alfonso en las velas, cruzando de nuevo la mar océana y llegaron a Terra Incognita y Lontana. Creyeron haber encontrado Las Indias, el camino a China.

Pero esta vez regresaron a Europa; tan solo dos naves consiguieron la proeza. Y después vinieron a cientos, a millares. Conquistaron reinos, imperios, lo que se pusiera por delante; irrefrenables, los guerreros de la crux de Santiago. Y llegaron hasta estas tierras, el territorio Yuma.

— ¿Y encontraron las cruces? ¿Sí?

— ¿Sí, aita? ¿Sí? ¿Ellos encontraron nuestras cruces?

—No, amorcitos, no, no las encontraron. Habían pasado más de 800 años y nadie recordaba nuestras obras.

Muchos españoles vinieron buscando los castros y los pueblos; las ciudades les decían los naturales y, al verlas, se quedaban extrañados: ¿quiénes les habían enseñado a hacer pueblos a las tribus de las praderas?. Pero no hallaron las cruces porque los Yuma las enterraron cuando vosotros marchasteis al sur. Eráis un pueblo nuevo y poderoso, y con vosotros dos al frente marchasteis hacia el sur; para ser emperadores.

Enterraron las cruces y todos vuestros recuerdos hechos al fuego, pues su magia poderosa les causaba un terror intenso, auténtico pánico, a los naturales.

Se vistieron de blanco, ropajes blancos para todos, plumas blancas, cánticos alegres; como recordaban a los hispanos. Y las enterraron en un lugar secreto y lejano; y se marcharon. Las olvidaron, os olvidaron.

Así nos fue. ¿No queda más cerveza? Empieza a hacer calor.

Unas notas de información

Tal vez sorprenda en el relato que los cristianos se refieran siempre a Hispania y los musulmanes a España para nombrar el mismo territorio, pero es que fue así; durante siglos los reyes cristianos del norte se proclamaban reyes de Hispania mientras los emires, califas, musulmanes del sur se nombraban Jefes de España.

Tras la caída del reino musulmán de Granada a manos de Isabel y Fernando, los reyes cristianos comenzaron a ser proclamados Reyes de España, y así hasta nuestros días. Con el tiempo el término hispano, casi tan solo se usa hoy día en Hispanoamérica mientras que en España nos denominamos españoles, porque igual de hispanos que nosotros son también los portugueses y los brasileños.

Al principio del relato, una lancha tripulada por monjes irlandeses ha llegado de improviso a las costas del norte de Galicia, antigua tierra bretona.

Bretonia fue un territorio hispano que ocupaba la costa norte de la actual Galicia y buena parte de la costa oeste de Asturias; sus habitantes eran bretones huidos de Britania ante la invasión de los pueblos anglos y sajones que se aliaron y federaron con el reino de los Suevos, y más tarde con el de los Visigodos; durante siglos fueron unos hispanos más.

La invasión musulmana se cebó especialmente con este pueblo y muchos de ellos tuvieron que embarcarse de vuelta a las Islas Británicas, pero mantuvieron durante siglos el recuerdo de su estancia en tierras hispanas, y a los bretones supervivientes que quedaron en el reino de Asturias se les llamó pelágios, pelayos, o pésicos. De hecho, los reyes de Inglaterra y Gales fueron a menudo los mejores aliados de los reyes de Castilla y León hasta los tiempos de la reina Isabel de Inglaterra, que rompió aquella antigua alianza.

Felipe II contestó enviándole la Armada Invencible. Fracasada empresa fue esa.

La historia de Europa es un continuo ir y venir de gentes y pueblos en todas las direcciones. Visigodos y Bizantinos fueron enemigos mortales durante siglos pero tras la invasión musulmana, los cristianos de España buscaron constantemente la ayuda y alianza con Bizancio, el Imperio Romano de Oriente; y el personaje del conde Teodoro está basado en casos reales de condes bizantinos que ayudaron a reyes hispanos y de los cuales aún se guarda memoria hoy día.

El relato del origen de la Cruz de los Ángeles que viene en los libros de historia actuales es de lo más fantástico que nunca he leído, y, es cierto; fue la cruz que lucían las velas de las carabelas de Cristóbal Colón en sus viajes al Nuevo Mundo.

He podido verla en la Catedral de Oviedo y es pequeña, pero de una factura admirable; sus autores debieron ser unos orfebres prodigiosos.

Cuando Colón encontró tierra firme a la pequeña isla la nombro como San Salvador, como la catedral de Oviedo. No era italiano este paisano.

Más fantástica aún es la historia del descubrimiento del Sepulcro del Apóstol Santiago en Compostela. Extrañas luces de colores que se reúnen cada noche formando una singular galaxia sobre un monte abandonado cercano a la vieja calzada romana que iba de Orense a La Coruña.

Un ermitaño que decide investigar descubre gracias a esas luces, un panteón levantado por una mujer llamada Atia; pero está semienterrado y perfectamente camuflado para evitar su saqueo, y el ermitaño decide avisar al obispo de Iria Flavia, señor de aquel territorio.

Un increíble sepulcro bajo tierra es lo que encuentra al limpiar el lugar; tiene varias plantas y muchos sarcófagos, y esconde en lo más profundo un sepulcro de mármol con una sencilla inscripción: IAGO. Es lo que interpretan como cierto.

Arca marmárica

Otra historia maravillosa es la Aparición de Santiago Apóstol en la Batalla de Clavijo, La Rioja; cuando el rey Ramiro está a punto de claudicar y perder su vida y su ejército, la Aparición se lanza sobre los sarracenos y los pone en fuga. Es el origen del llamado Voto de Santiago y del famoso grito de guerra de los hispanos que lanzaron por el mundo entero: ¡Santiago y cierra España!

Las cruces de plomo.

Las cruces de plomo que hizo Pelayo y otros artefactos que hicieron los muchachos se guardan hoy día en el Arizona State Museum, en Tucson. El antiguo territorio de los Yuma.

Es un tema controvertido pues, especialmente los artefactos que acompañan a las cruces, parecen una falsificación; es lo primero que te viene a la cabeza al observarlos. Pero las cruces son de plomo, mineral que no existe en esa zona, y tienen más de mil años de antigüedad. Otro enigma.

Información aquí:

http://fautrever.com/2013/04/30/tucson-artifacts/

El tema de los hongos, las setas, es controvertido, pero cuidado: a mí me encantan, ¡pero bien cocinados! Los hongos son unos seres muy extraños, no son vegetales, no son animales, ¡no son humanos! Y normalmente resultan tóxicas; todos los años fallece gente por ingerir setas que creían comestibles y hay mucha gente que no es capaz de digerirlas ni aún bien cocinadas.

Yo solo las consumo en restaurantes de mi total confianza. Nunca hagáis el bobo tomando hongos sin cocinar; podéis morir o enloquecer con gran facilidad.

Sobre las costumbres y tradiciones de los pueblos naturales (el término nativo es propio de la lengua inglesa, no de la española) de Norteamérica solo confío en que los lectores comprendan que me ha guiado el máximo cariño y admiración por ellos, y confieso que no soy un especialista en su historia y costumbres.

Cuando era niño me pasaba horas y horas jugando con mis amigos a ser comanche, siux o mohicano, o Daniel Boone. Respeto.

Si quieren escribirme y hacerme cualquier comentario sobre esta novela o mis obras anteriores mi correo es
cuassia@gmail.com

www.ingramcontent.com/pod-product-compliance
Lightning Source LLC
LaVergne TN
LVHW021819060526
838201LV00058B/3447